머리말

인연은 운명이라 했던가. 어느 세미나 뒤풀이 자리였나. 아무도 앉지 않은 내 옆자리,
여기가 내 자리인가 하며, 미소 지으시며 앉아 "세상은 다 인연이라시던 시성(詩聖),"
　그날 어린아이처럼 "나 말이야, 고소 공포증이 있어서 남산 타워에 한 번도 오르지 못
했는데, 강 시인이 동행해 준다면 오늘 용기 있다." 하시던 천진한 소년 시인,
　타워에 올라 시원한 생맥주 한 잔 들이켜시며 "이제야 나도 서울 사람 되었다"라며 환
하게 웃으시던 그 모습, 두고 가셨다.
　쾌속선 한번 타보고 싶은데 배가 무서워, 지금껏 타보지 못했다는 그 말씀에 함께 떠
났던 덕적도 여행, 덤으로 모래밭에서 달리기 시합하며 "나 아직도 청춘이다."라고 말씀
하시던 그 말씀 두고 가셨다. "이제 소원 다 이루었다"라며 소주잔 부딪치던 지울 수 없
는 추억도 두고 가셨다.

한국 문학사의 큰 획, 거장, 신경림.

이 글이 빛나는 시인의 작품에 흠결이 될까, 생전에 올리지 못했다.

차례

제1장 들어가며

신경림은 1956년 진보적 성향의 문예지인《문학예술》에 「낮달」「갈대」「석상」 「심야」「묘비」「소곡」 등의 시를 발표하면서 이한직 시인의 추천을 받아 시인으로 등단했다. 그는 문단 생활 65년여 동안 11권의 개인 시집과 21권의 평론집 및 산문집을 간행했다.

그의 작품에 관한 다양한 연구가 진행되었다. 지금까지의 연구는 주로 1970, 80년대 시집을 대상으로 민족·민중 문학론의 관점에서 진행되었다. 많은 연구가 『농무』(1975), 『새재』(1979), 『남한강』(1987) 등의 시집을 중심으로 진행됐고, 그 결과 작품이 발표될 때마다 작품에 대한 평이나 연구가 활발하게 진행되다가 1990년대 후반에서 2000년대 이후부터는 작품에 관한 연구와 평가는 소극적으로 진행 되거나, 소강상태로 들어간 사실을 확인할 수 있다.

신경림의 시 세계의 변화 양상을 전통적인 문학 연구 방법론의 하나인 역사·전기적 방법론에 따르고자 한다. 역사·전기적 연구 방법이란 인과론으로, 문학 작품이 작가가 살았던 시대 상황과 무관하지 않으며, 역사 환경과 특정 민족의 정신 성향과 긴밀한 관련이 있다는 전제에서 출발한다. 역사적 방법은 작품 발생 당시의 역사적 맥락을 짚어보는 것이고, 전기 방법은 작가 개인 생애에 대한 모든 자료를 근거하여 작품을 해석하는 것이다.

이 같은 관점은 사회학적 비평가인 루시엥 골드만이 자신의 문학론에서 "문학적 세계의 구조와 사회적, 경제적, 정치적 구조 사이에 일정한 대응 관계가 있음"을 주장한 것에 근거하며, 마르크스주의 비평가인 루카치의 "문학 세계가 사회 현실과 이데올로기가 밀접한 상호 관계를 맺고 있으며, 이를 통해 사회의 변화와 문학 작품의 영향 관계를 맺고 있다는 견해"에 근거한다. 이는 사회 현실의 변화가 문학 작품 창작 방법에 변화를 불러오게 하며, 이는 현실에 대한 인식 변화에 따라 표현하는 수단이 변화한다는 의미이기도 하다. 연구사에서 고찰한 바와 같이 신경림의 대부분 시가 자신이나 주변 인물과 역사적인 사건을 소재로 쓴 서사적 시가 주를 이룬다. 이에 따라 신경림의 후기 시의 변화를 탐구하는 데 적합한 연구 방법일 것이다.

역사·전기적 연구 방법론에 따르면 대략 다음 여섯 가지 인과론을 설정하고 있다. 첫째, 원전 비평은 텍스트 본래의 순수성이나 진정성을 확정하는 작업이다. 둘째, 문학의 표현 수단이 되는 언어는 그 자체가 역사성을 지니고 있으므로 여기서 생기는 문제점을 고찰하는 것이다. 셋째, 작가의 전기는 작가의 생애와 관련된 모든 항목을 조사하는 것이다. 이는 자료 수집과 연대기 작성과 전기 작성 단계를 거친다. 넷째, 작품 연보를 기준으로 하고, 외적인 증거와 내적인 증거를 토대로 탐구한다. 다섯째, 과거의 문학적 환경에 의해서 작품의 의미를 제대로 파악한다. 여섯째, 문학적 관습은 가장 기본적인 3대 장르의 관습이다. 예로부터 사람들은 시(노래), 소설(이야기), 희곡(놀이)의 세 장르를 인정해 왔다. 인간의 감정과 사상을 아름답게 표현하는 길은 위의 세 가지만으로 만족하고, 또 그러기를 기대하는 관습으로 굳어졌다는 것이다. 이는 각각 여러 장르를 포괄하고, 또 그것들이 저마다 각종 관습이라는 그물망으로 얽혀 있다.

역사·전기적 연구 방법론에서는 텍스트를 분석하는 방안으로서 위의 여섯 개의 항목을 제시하고 있지만 이글에서는 특히 시대적 변화와 생애사, 그리고 문학적 행보에 근거하여 후기 시를 분석해 보고자 한다. 왜냐하면 앞에서 살펴본 바와 같이 역사·전기적 비평은 문학의 표현 수단인 언어 그 자체가 역사성을 지니고 있다. 작가의 생애와 관련된 모든 항목을 조사하여 자료를 수집하고 연대기를 작성한 뒤에 이를 근거하여 내적 외적 증거를 토대로 작품 창작을 둘러싼 과거의 문학적 환경을 종합적으로 검토해야 작품의 의미를 제대로 파악할 수 있다고 믿기 때문이다. 또한 신경림의 시는 비교적 시대 변화 및 생애사의 변화와 궤도를 같이하고 있으며, 그 영향 관계 및 변화 양상이 비교적 선명하게 포착되기 때문에 역사·전기적 방법론은 시인의 역사적, 사회적 집단과의 영향 관계와 개인의 정서를 종합적으로 고찰할 수 있는 유용한 방법일 것이다.

제2장에서는 위의 방법론에 따라 사회 변화와 신경림 시인의 변화 환경을 고찰하고자 한다. 1절에서는 생애사 고찰과 문학사적 행적을 살펴볼 것이다. 2절에서는 사회와 문학적 환경의 변화를 살피고, 3절에서는 바뀐 시대의 창작 방법을 통해 신경림의 후기 시를 '지속'과 '변화'로 구분하여 고찰한 뒤에, 시의 특징을 거시 담론의 진보적 이상에 대한 회고와 반성, 왜곡된 현실에 대한 비판과 저항 두 유형, 그리고 미시 담론의 가족과 작은 이웃 돌아보기와 자연과 현실 아우르기 두 유형, 4개의 유형으로 설정할 것이다.

제3장과 제4장에서는 앞에서 도출한 4유형에 따라 신경림의 후기 시 287편과 그 이후에 발표된 시 몇 편을 분석하고자 한다.

그리고 제5장에서는 결론을 도출할 것이다.


제2장 사회 변화와 후기 시의 모색


1. 생애와 문학적 행보


1990년대와 2000년대 이후에 창작된 후기 시를 고찰하기 위해 먼저 시인의 생애사 고찰과 문학사적 행적을 살펴 시 세계의 본질과 변화의 큰 흐름을 개관하고

자 한다. 이어 1990년대와 2000년대의 문학 환경에서 창작 방법의 변화에 따라 후기 시의 변화 유형을 도출할 것이다.

시인 신경림의 본명은 신응식(申應植)이다. 1935년 4월 충청북도 충주시 노은면 연하리 상입장 470번지(현, 충주시 상입장길 44) 본관(本貫) 아주(鵝州) 신씨(申氏) 집성촌에서 부친 신태하(申泰夏)와 모친 곡산 연씨(연인숙) 사이에서 4남 2녀 중 장남으로 출생했다.

그는 어릴 때 집성촌에 딸린 마을에서 살았다. 상입장 마을은 장터를 가까이 두고 있고 뒤로는 광산이 있어, 전형적인 농촌 환경과는 분위기가 조금 달랐다. 광산으로 인해 전기가 비교적 일찍 들어온 곳으로, 새로 장이 서면서 생긴 동네였다. 그래서 세상의 소문이 비교적 빠르게 들고나는 곳이었다. 그의 집안은 일찍 깬 집안으로, 그의 할머니께선 장터에서 국수 장사를 했고, 그의 아버지도 그냥 농사꾼이 아니라 시골에서 농업학교까지 나온 사람으로 금융조합 서기도 했고, 광산의 일부를 하청받기도 하고, 금방앗간, 화약 장사 등으로 돈을 벌려고 애를 쓰는 사람이었다.

어린 신경림에게 광산은 온갖 사람들의 삶의 애환과 사연이 날줄 씨줄로 얽힌 곳이었다. 특히 소년 신경림에게 광산의 낙반 사고와 삼촌을 중심으로 한 친구들과 집안사람들이 국민보도연맹 양민 학살 사건에 연루되어 총살당했던 기억이 트라우마로 남았다.

그의 어머니 연인숙은 시골의 일반 아낙과는 다르게 명문에 속하는 교양 있는 가문이었고, 이지적이었으며, 인정 또한 후하여 인근에 칭송이 자자했다. 어릴 적 신경림은 외탁이었다. 그의 부친이 즉흥적이고 격정적이었던 데 비해 그의 모친은 사리가 분명하여 모든 일에 맺고 끊는 일에 냉정하지 못했던 부친보다는 의지와 정감이 유연했던 모친의 영향을 받았다고 술회한다. 이로 보아 뒷날 신경림의 체질화된 내면의 양면성, 곧 떠돌이 기질의 두루마기 자락에 감춰져 있는 냉철하고 이성적인 사고와 판단은 이런 부친과 모친의 성품을 복합적으로 물려받은 데서 형성된 것으로 보인다.

신경림이 초등학교 시절에 주로 어울렸던 동무들은 하나같이 특별하지 않은 집의 자식들이었다. 장터에서 아버지가 잡화점을 하는 강덕식과, 술집 아들 이상옥, 여인숙집 아들 허태수, 국수틀 집 아들 김영수가 대표적인 예다.

해방을 맞이했지만, 해방 전후 시기의 혼란과 시련의 광풍이 신경림 가족에게도 예외일 수는 없었다. 신경림은 충주 사범병설중학교에 입학하고 이듬해에 6·25를 겪게 된다. 이를 계기로 집안 사정이 급격하게 기울고, 삼촌을 비롯한 집안사람들이 국민보도연맹사건에 연루되어 억울하게 희생되었다. 당시 소년 신경림은 6.25 전쟁 초기에 영동까지 피난을 내려갔다가 귀향했고, 인민군을 피해 폐광에 숨어 있던 광부들이 그 뒤에 찾아온 국군들에 의해 빨갱이로 몰려 눈앞에서 억울하게 죽어가는 충격적인 장면을 목격하게 된다. 어린 시절에 맞이한 이런 사건들은 트라우마로 남아 뒷날 시인 신경림의 이념 형성과 작품 창작에 많은 영향을 끼쳤다.

신경림은 충주사범에 입학했으나 풍금을 칠 줄 몰라 졸업하지 못하게 되자 정춘용 선생의 권유에 따라 충주고등학교에 입학하게 된다. 충주고등학교에 입학한 신경림은 한동안 학교에 정을 붙일 수가 없었다. 이 시절, 그는 남한강 강가를 배회하면서 시적 사고를 키우게 된다. 토착민들의 애환과 그들을 바라보는 까닭 모를 비애와 분노, 좌절, 절망, 기다림, 아련한 그리움 등의 정서를 온 가슴으로 체득했다. 당시 신경림이 남한강 강가에서 만난 '장돌애비'라는 반 박수의 얘기와 노래가 뒷날 장시 「남한강」의 이야기 구성과 가락에 영향을 끼쳤다.

충주고등학교 시절에 신경림은 문학의 길을 걷게 되는 결정적인 두 스승을 만나는데, 바로 문학평론가 유종호의 부친 유촌 선생과 정춘용 선생이었다. 그들에게서 받은 문학적인 영향과 배려로 신경림은 문학에 꿈을 열정적으로 키우게 된다. 이에 따라 그는 학교 공부에 게을러졌고, 남한강 언저리를 배회하는 문제 학생이 되었다. 그에게 문제성이란 문학적 표박성(漂迫性)이었다. 당시 신경림의 방황은 역사적, 실존적 고뇌가 뒤엉킨 문학 청소년의 방황이었다.

신경림의 고교 생활은 공부보다 문학에 대한 열정이 우선이었다. 고등학교 3학년 여름방학 때에는 대학 입학시험 공부 대신 일어판 『도스토옙스키 전집』 열 권을 독파했고, 그밖에 투르게네프의 소설을 읽었다. 백석, 이용악, 임화, 오장환, 정지용 등의 시집을 읽느라 꼬박 밤을 새우곤 했다. 신경림은 당시 대한교육연합회 주최 중·고등학교 문학 콩쿠르대회에 시와 산문을 출품하여 산문 부문에서 당선되기도 했다. 그뿐만 아니라 교지에 평론 「이형기론」을 발표하여 그의 글재주에 동료 문예반 학생들을 놀라게 했다.

여기서는 생애사를 통한 정신사적 고찰이 목적이므로 시인의 문학적 영향 관계를 추가로 정리할 필요가 있겠다. 먼저, 그가 영향을 받은 작가로는 시 소설 두 장르에 걸쳐 있음을 알 수 있다. 국내 시인은 백석, 이용악, 임화, 오장환, 정지용을 들고, 외국 시인에 대해서는 "외국 시인은 좀 늦게 접했지만 (…) 가르시아 로르까(F.G.Lorca)를 제일 좋아했어요. (…) 6.25사변 직후에 일본말로 번역된 그 사람 시집을 우연히 구해서, 문고판이었는데, 열심히 읽었지요. 그리고 역시 저 릴케(R.M.Rilke), 릴케는 그때 우리나라 사람들이 다 좋아했으니까요. 일본 시인으로 나까노 시게하루(中野重治)도 좋아했지요."라고 했다. 이들은 모두 리얼리즘 계열의 작가들이다.

1955년, 신경림은 동국대학교 영문학과에 입학했다. 이 시기에 그는 1년 선배인 유종호와 하숙하면서 독서회 모임에 합류했고, 유물사관 철학 서적들을 원서로 사서 읽다가 경찰에 연행되기도 했다. 정치인으로 죽산(竹山) 조봉암(曺奉岩)을 존경하여 그가 대통령 선거에 후보로 출마했을 때, 유세장을 따라다니기도 했다. 신경림은 조봉암에게 사형선고가 내려졌을 때, 이와 관련된 「그날」이라는 시를 쓰기도 했다.

그로부터 1년 뒤인 1956년에 신경림은 비교적 진보적 성향의 문예지인 《문학예술(文學藝術)》에 추천을 통해 등단했다. 추천 작품 「갈대」 외 시편들은 대략 실존주의적 색채가 짙은 시였다. 이때부터 그는 신경림(申庚林)이라는 필명을 사용했다. 어린 시절부터 품어왔던 시인의 꿈이 비로소 이뤄진 것이다. 당시 추천된 시는 그의 표현대로 "(사람) 사는 것과는 아무런 관계가 없는" 실존적 서정시였다. 그의 삶과는 전혀 다른 분위기의 시로 문단에 나온 것이다. 신경림은 시인이라는 꿈이 실현되었음에도, 불안한 서울 생활을 더 이상 견디지 못하고 1957년 초에 고향으로 돌아가고 말았다.

고향으로 내려간 신경림은 당장 먹고살기 위해 광부, 농사일, 장사, 공사장 막일꾼, 학원 강사 등 안 해 본 것이 없을 정도로 갖가지 일로 곤고한 나날을 보냈다. 당시 절박했던 상황에 대해 그는 "1950년대 말 60년대 초는 나에게 있어 참으로 어려운 시기였다. 먹고 산다는 일이 얼마나 힘든 일인가를 이때 비로소 절감한 셈이다." 이어서 당시 자신의 떠돌이 생활을 다음과 같이 회고하고 있다. "이 무렵에 내가 접촉하게 된 많은 사람들은 모두 내게 커다란 감동을 안겨주었다. 그들은 몇 가지 서로 공통되는 점을 가지고 있었다. 하나 같이 가난했고, 세상에 대해서 원한을 가지고 있었으며, 복수심과 체념으로 조금씩 비뚤어져 있었다. 그러나 이 모든 것은 전혀 그들 탓이 아니었다. 그들은 오직 역사의 피해자요, 사회 체제의 모순에서 얻은 산물이었다." 그리고, "이 사실을 깨달았을 때 받은 충격은 컸다."라고 회고했다.

신경림이 작품 활동을 중단했던 '방황 10년의 공백' 안에는 4·19혁명과 5·16 군사 쿠데타와 같은 역사적인 사건이 있었다. 그가 "아무것도 하지 않은 10년 공백"이라는 표현을 썼지만, 이 연구의 견해는 좀 다르다. 그는 한동안 문학에 대한 열정이 여전히 살아 있었다는 점인데, 특히 주목할 만한 것은 1957년 초 낙향 직후에 있었던 장편소설 창작 경험이다. 그에게 "소설을 많이 읽은 것"과 "써본 것" 두 체험은 신경림 시의 특징인 이야기 속성과 무관하지 않기 때문이다. 이는 많은 연구자들이 공통되게 밝힌, "인물 사건 배경이 서술되는 그의 독특한 서사적 형상화 방법이 시 창작 방법의 근간이 된 사실"을 간과할 수 없기 때문이다.

1965년, 방황하던 신경림은 동료 시인 김관식의 도움으로 상경하여 새로운 직장도 가지게 되고 시 창작 활동도 재개한다. 《여상》 12월호에 「산읍일지」와 《한국일보》에 「겨울밤」을 연이어 발표했지만, 그의 시는 한동안 문단에 주목을 받지 못했다. 1970년, 신경림은 《창작과 비평》에 평론가 유종호의 소개를 받아 시를 발표하면서 비로소 문단에 주목을 받기 시작했다. 당시 시집 『농무』「서문」에서 백낙청이 "민중의 사랑을 받을 수 있고 받아 마땅한 문학이라는 점에서(…) 민중적 경사"라고 극찬했다. 이른바 목청을 높였던 '문학과 현실이 하나로 만난 것'은 신경림을 통해서라는 말이 나왔을 정도로 '신경림의 문학 시대'가 도래한 것이다.

그렇지만 신경림에게 1970년대 사회는 정치적으로도 불안했고, 급속한 산업화로 인하여 신음하는 민중을 가까이에서 접하던 시기였다. 그에게는 이런 왜곡된 민중의 삶을 문학으로 수용하려는 노력이 두드러지게 나타난 시기이기도 했다.

한국문학에서, 민중에 관한 관심이 전 시기에도 있었지만, 민중이 시대 문학의 중심 소재로 떠오른 것은 1970년대부터였다. 그 당시는 성장 위주의 근대화 정책에 따른 구조적인 모순이 심화한 탓이기도 했다. 신경림은 이런 구조적인 사회 모순에 짓눌려 고통받는 농촌의 현실을 시적 소재로 삼게 된다. 그 결실이 바로 농촌 삶의 모습을 농민의 시각에서 다룬 시집 『농무』에 실린 시편들이다. 시집이 나온 1970년은 그에게 조강지처인 아내가 위암으로 2년 정도 투병 끝에 세상을 뜨면서 가정적으로도 불행한 시기였다. 그러나 그는 자기 앞에 닥친 현실적인 아픔이나 불행을 온전히 시로 승화시켜 나갔다.

이와 같은 화려한 시적 성공에도 불구하고 시인 신경림은 여전히 궁핍한 생활에서 벗어나지 못하고 있었다. 그만큼 가난의 굴레가 그를 집요하게 가두고 짓눌렀다. 이 무렵에 그가 시작한 것이 민요 기행이었다. 현장에서 취재한 민요시를 육화해 냄으로써 신경림은 김소월 이래 우리 문학사에서 끊길 뻔했던 전통적인 민요 가락의 맥을 이었다는 평가를 받게 된다.

1974년, 그는 첫 시집 『농무』로 제1회 만해문학상을 수상했고, 그 뒤로도 작품을 꾸준히 발표하여 1979년에 제2시집 『새재』를 간행했다.

1980년 5월 신군부 군사 쿠데타에 항거하여 5.18광주민중항쟁이 일어나자, 이 시기를 전후하여 수많은 양심 지식인이 투옥된다. 신경림은 '김대중 내란 음모 사건'에 연루되어 투옥되었다가 고은, 송기원, 조태일, 구중서와 함께 두 달 만에 공소기각으로 풀려났다.

이런 중에도 민중의 아픔을 대신하는 시 창작을 위해 민요연구회가 결성되었고, 이 모임이 활기를 띠어 갈 무렵, 한 월간지에서 그에게 민요를 찾아 전국을 기행 하는 제안이 들어왔다. 이렇게 해서 그는 민요 기행을 더 전문적으로 이어가게 되었는데, 그때 그가 채집한 민요 가락으로 쓴 시들이 시집 『달 넘세』에 들어 있는 시들이다.

1981년 그는 제8회 한국문학 작가상을 수상한다. 그리고 1983년 산문집 『삶의 진실과 시적 진실』을 간행했다.

1985년에는 『민요기행』 제1권을, 1989년에는 『민요기행』 제2권을 간행하는 등 왕성한 문학 작품 활동으로 1980년대를 마무리 지었다.

1991년 12월 1일, 신경림은 민족문학작가회(현재 한국작가회의)의 부회장을 지내다가 김정한, 고은에 이어 제5대 회장으로 추대되었고, 민족예술인총연합회 공동의장직을 겸임했다.

1997년, 신경림은 동국대 석좌교수에 임용되어 학생들에게 문학의 참된 의미를 전하는 한편, 고향을 떠나 유랑하면서 그곳 사람들의 삶의 소리를 귀 기울여 듣고 기록하는 작업을 지속해 나갔다.

1998년 3월 (사)민족문학작가회의(현, 한국작가회의) 제11차 정기총회에서 이사장이 취임했고(임기 1999년 12월까지), 그 해에 시집 『어머니와 할머니의 실루엣』(창작과비평사)을 출간했다.

2000년에 접어들어 대한민국 예술원 회원으로 임명되면서 문단 및 사회로부터 비교적 자유로운 환경이 되었다. 이 시기에 한국작가회의 이사장직에서도, 모교의 석좌교수직에서 물러났다.

2000년 이후, 신경림의 문학 활동과 관련된 사회적 사건이나 문학적 행보는 다음과 같다.

2002년 시집 『뿔』(창작과비평사)이 간행되었다.

2004년 70세 고희(古稀)를 맞이해 그의 문학 인생에서 중요한 계기를 맞게 되었는데, 『신경림 시 전집』(1·2)이 출간되었다.

2007년 10월, 노무현 정권 때 경제 문화단체 일원으로 북한을 방문했다.

2009년 수필집 『못난 놈들은 서로 얼굴만 봐도 흥겹다』(창비)를 발표했다. 이 책의 1부에는 일제 강점기를 살았던 어린 시절 이야기가, 2부에는 같은 시대를 살았던 시인들의 문단 일화가 실렸다.

2011년에 산문집 『(신경림의) 시인을 찾아서』(1·2)가 출간되었는데, 한국의 대표적인 시인들의 시를 묶은 책으로 1998년에 출간한 책인데, 중간(重刊) 했다.

2012년에 시집 『목계장터』를 출간했는데, 신경림 시인의 대표 작품을 추려서 엮은 시집이다. 이 시집에는 한국 대표 시인 43명의 시가 실렸다.

2013년에 시집 『갈대』(창비)를 출간했다.

2014년에 시집 『사진관집 이층』(창비)이 출간되었다. 그해 1월부터 6월까지 신경림과 일본의 국민시인으로 알려진 다니카와 슌타로(谷川俊太郎)는 대시(對詩)를 주고받았다. 그 해에 독일어판 시집 『어머니와 할머니의 실루엣』, 일본어 번역 시집 『ラクダに乘って : 申庚林詩選集』(吉川凪 訳)이 출판되었다. 이듬해인 2015년에 공동 시집 『모두 별이 되어 내 몸에 들어왔다』가 출판됐다. 그리고 산문집 『(신경림의) 시인을 찾아서』(2014년), 동시집 『엄마는 아무것도 모르면서』, 『꼬부랑 할머니가』 등이 출간되었다.

2014년 6월, 신경림 시인은 박근혜 정부의 문화예술계 블랙리스트(Black List) 사건에 연루되었다.

2016년, 「새떼」(《창작과비평》 봄호)를 발표했다.

2018년, 같은 제목의 시 「새떼」(《창작과비평》 겨울호)가 발표되었다.


위와 같은 생애사와 문학사적 연보를 바탕으로, 신경림의 후기 시의 특징을 정리하면 다음과 같다.

첫째, 일제 강점기부터 최근 문화예술계 블랙리스트 작성 정권에 이르기까지 격동의 역사 현실을 온몸으로 겪었으며, 이런 역사적 현실은 온전히 그의 문학의 무대가 되었다.

둘째, 그의 생애사적인 이동 공간이나 대부분 문학적인 사건이나 공간이 되었다. 이런 삶의 도정에 따라 농촌에서 소도시로 옮겨지면서 시의 공간 배경이나 시의 문제도 변화의 과정을 겪게 되었다.

셋째, 그의 삶의 과정에서 만난 인물이나 사건들은 온전히 문학적 소재가 되었으며, 가족과 주변적인 인물들은 시의 무대에 등장인물이 되었다.

넷째, 신경림 시인에 대한 중기 시 시기의 문단 활동과 시에 대한 평가는 1970, 80년대의 역사 현실을 기반에 둔 대표적인 리얼리즘 시인으로 평가가 일반화되었다.

다섯째, 1990년대 접어들면서 전 대의 신경림 작품에 관한 평이 왕성하게 이뤄지다가 2000년대부터는 신경림 시인의 작품에 관한 사회적 담론 소극적이고 작품에 관한 평도 줄었다.

여섯째, 그의 시작 활동은 『사진관집 이층』 이후 작품 활동이 소강상태에 접어들었다.

일곱째, 2004년, 대한민국 예술원 회원(문학 부문)이 되었다.


2. 사회적 환경의 변화


1989년 11월 9일 베를린 장벽이 붕괴했고, 1990년 10월 3일에 독일은 공식적으로 통일을 선포했다. 소비에트 연방은 1991년 12월 25일 고르바초프 대통령이 사임하면서 공식적으로 해체되었다. 이로써 세계를 지배했던 미국과 소련 중심의 동서 이념대립은 거대한 막을 내렸다. 프랜시스 후쿠야마는 1990년대를 '역사의 종말'이 될 것이라고 선언했는데, 이는 인류 사회의 폭넓은 진화라고 여겼던 마르크스주의적, 헤겔주의적 의미의 역사가 끝났다는 뜻이다. 그의 견해에 일부 이

견도 있었지만, "역사의 종말 의식"은 1990년대를 지배한 주요 담론이었다.

한편, 한국 사회는 1990년 1월 22일, 3당 합당을 발표하여 진보주의자들을 충격에 빠트렸고, 문민정부의 출범으로 형식적 민주주의가 정착되기 시작했다. 10월 15일에는 소비에트 연방의 미하일 고르바초프 전 소련 대통령이 냉전 종식의 공으로 노벨 평화상을 수상하는 등 국내외 사회 분위기가 점차 리얼리즘 시대의 종말을 예고하고 있었다. 후기 자본주의, 상업주의 문화 논리가 일상 깊숙이 침투하는 현실에서 진보 진영의 문학운동은 퇴보의 길목에 서면서 새로운 실천 방식이 요구되고 있었다.

이상으로, 생애사를 살펴본 것처럼, 신경림은 1990년대에 민족문학작가회의(현 한국작가) 회장과 민족예술인총연합회 공동의장이 되어 문단 사회에서는 진보 문학 진영의 중심에 섰다.

1990년대의 한국 문단 사회의 문학적 관심은 이념의 울타리에서 벗어나 역사나 시대, 사회 등의 거시 담론이 퇴조하고 그 빈자리에 개인의 일상, 자아, 파편화된 현실 등 미시적 담론으로 중심축이 이동하고 있었다. 나로부터 시작되는 일상적 삶과 생활 감정과 같은 미시 담론의 시대가 되었다. 이 시기에 신경림은 시집 『쓰러진 자의 꿈』(1993년)과 『어머니와 할머니의 실루엣』(1998년)을 출판하면서 이념 붕괴의 과도기적 충격에서 벗어나 새로운 형태의 리얼리즘 시 세계를 선보이게 된다. 그는 자신의 독백처럼 "쓰러진 것을 보고 환호작약도 좌절도 아닌 새로운 길"을 모색하게 된다. 그러면서도 신경림은 "시는 그 시대의 요구에 대한 해답이어야 한다." 혹은 "시대를 초월한 시란 없다. 그 시대를 열심히 살고 몫을 감당할 때 좋은 시가 나온다." 그리고 "시를 쓰는 방법은 시대마다 다르다. 박정희 때는 시가 무기가 됐지만 이후에는 달라졌다. 라고 했다. 그의 말을 종합하면 시는 그 시대 그 사회에 합당한 시적 변화, 창작 방법의 변화가 뒤따라야 한다는 뜻이기도 하다.

신경림의 시 창작 태도는 그의 시집 『쓰러진 자의 꿈』과 『어머니와 할머니의 실루엣』각각 「시집 후기」에서 이념으로부터 해방이나 시적 변화가 확인된다. 곧, 신경림은 1990년대 문학을 "상업주의 문학"이라 규정하면서 위기로 진단했고, 이에 대한 해법으로 "문학의 고급화와 문학을 통한 자기 탐구"를 주문하고 있다. 여기서 자기 탐구란 내면 성찰을 가리키는데, 이는 토마스 자신의 기본적 문학관인 <소설의 예술>에서 전거로 인용한 쇼펜하우어의 시학적 주장과 상통한다. 즉, "소설은 내적 삶에 대한 묘사가 많을수록, 그리고 삶의 묘사가 적으면 적을수록 그만큼 더 높고 고귀한 양식이 된다."라는 쇼펜하우어의 원칙을 참고할 필요가 있겠다. 이렇게 보면 신경림의 시에서도 내적 삶에 대한 묘사가 시적 변화에 중요한 관건이 된 셈이다.

위의 견해는 1990년대 당시 젊은 작가들의 주류적인 작품 경향도 신경림의 작품 변화와 무관하지 않았을 것이다. 임규찬의 진단대로, 마르쿠제가 말한 '억압적 탈 승화'의 측면에서 바라보면, 소비 중심적인 고도 산업사회에서는 리비도의 억압적 변용인'승화'보다는 거꾸로 욕구 충족을 내놓고 부추기는 '탈 승화'가 핵심적인 억압 기제라는 사실을 역설적으로 보여준다. 즉, 내재한 기억이 과거를 되살릴 때 시간과 공간이 힘을 잃는 이러한 시간과 공간의 패배는 궁극적으로 현실에 대한 패배이며, 문학 영역에서만 자유를 누리는 측면으로 보아야 할 것이다. 따라서 1990년대 신경림의 시 세계는 이런 '내적 탐구와 변화'를 중심으로 이해되고 정리되어야 할 것 같다.

사실, 1990년대에도 신경림 시인의 작품 활동은 여전히 왕성하게 이어졌다.

신경림의 1990년대 시적 특징이나 시 세계를 정리하면 다음과 같다.

첫째, 국내외 사회사적 변화에 따른 냉전적 이념이 사라졌으며, 문학은 전대까지 추구해 오던 민중 민족 문학의 이념적인 몰입에 대한 자성, 상업성에 따른 자성을 포함한 문학 세계의 변화가 불가피했으며, 이에 따라 신경림의 문학도 변화가 불가피했다.

둘째, 이념의 붕괴와 함께 역사나 사회 등의 거시 담론에서 탈피하는 현상을 맞게 되면서 시적 관심은 자연, 생명, 환경, 여성, 소수자, 다문화 문제 등 다양한 문제를 문학 작품의 소재나 주제로 삼게 되었다. 신경림의 시 세계도 집단의 민중에서 나 혹은 개인을 중심으로 하는 내면 문제나 자기 성찰로 변화하게 된다.

셋째, 이 시기 신경림 시인의 문단 사회 활동으로, 민족문학작가회의 회장으로 추대되었으며, 민족예술인총연합회 공동의장을 겸직했다. 그의 이런 문단 사회 활동은 진보주의 문학 진영의 선도적인 입장에 놓이게 되었으며, 작품에 일정한 영향을 끼쳤을 것이다.

넷째, 사회의 탈이념과 미시적 담론으로의 환경 변화는 내면 성찰로의 변화가 불가피하게 되었다.

이런 1990년대 변화의 기류에서, 2000년 이후 밀레니엄 시기로 접어들면서 세계는 글로벌화와 함께 신자유주의의 거대한 물결 속에서 자본의 속살인 금융을 중심으로 빠르게 재편되어 나갔다. 이 같은 흐름에서 사회사적으로는 과거 이념의 족쇄로 인하여 억울하게 희생되었던 과거사 문제도 진실·화해를위한과거사정리위원회를 통해 일정 부분 정리가 되어가는 분위기가 되었다. 이 같은 2000년대 사회 환경에서 한국문학의 특성은 감각으로 인상 지워지는 측면이 강하면서도, 세부적인 변화로는 새로운 문제, 소재, 기발한 상상력, 형식 파괴 등 다양한 실험적인 시 창작 방법이 시도되었다. 이 같은 흐름에서 2000년 이후의 시는 극도로 난해한 경향을 보이면서, 과거 전통 시는 현실의 문단 무대에서 점차 퇴장하는 분위기였다. 민요 율격을 유지해 오던 신경림의 시의 경우 변화를 맞이할 수밖에 없었다.

2000년 이후 최근까지 다양하게 회자하는 사회적 담론만큼이나 시적 흐름도 다양한 말로 요약된다. 아방가르드 예술은 유미주의보다 한 걸음 더 나아가서 작품 내용에서 철저히 분리된 예술 기법을 강조함으로써 내용에 대한 형식의 우위성을 주장한다. 또 모더니즘이 예술의 상품화를 거부하는 반사회성을 특징으로 하던 시대도 구시대의 담론이 되었다. 포스트모더니즘은 적극적으로 대량생산과 대량소비의 사회구조에 편입해 들어갔다. 그리하여 예술이 사회적 생산물의 상품화에 이바지하게 되고, 상품이 오히려 예술품이 되는 뒤바뀐 양상이 나타나기도 했다. 아도르노 등은 이 같은 전위예술의 여러 양태에 대한 이해에 바탕을 두고 문학예술의 변화는 역사의 필연적인 과정이므로 문학예술의 이론은 그 변화들, 즉 전위예술 작품에 각인된 사회 현실의 전체성과 그 사회의 모순된 구조를 비판하는 주체의 몸짓을 해명하는 것이 되어야 한다고 주장한다.

시로 범주를 좁혀서 보면, 2000년 이후 한국문학은 감각으로 인상 지워지는 측면이 강하면서도 더 세부적인 특징으로는 새로운 문체, 소재, 기발한 상상력, 형식 파괴 등 다양한 실험적인 방법이 시도되고 있다. 다른 한 편에서는 젊은 시에 대한 논쟁도 진행되었다.

신경림은 민족문학작가회의 주최 <2000년 인터넷 문학 세미나> 발제자로 나와 「여전히 시는 도전하는 것이다.」라는 발제문을 통해 "1970, 80년대 사회시 계열의 시들이 오히려 상업주의 독자와의 영합이 두드러지게 나타나고 있다."라고 현실을 진단하고 "시를 억지로 만드는 데서 벗어나서 좀 더 자연스러워지면서, (…) 잃어버린 절규성을 회복하고 큰 울림을 되찾아야 한다."라고 하여 시인 자신이

2000년대의 시인들에 속한 듯 보이기도 하지만, 시대 변화의 요구에 따라 독창적인 길을 걷게 되는 사실을 확인할 수 있다. 이렇게 보는 이유는 이 시기에 신경림은 "언제 없어질지도 모르는 방언을 쓰듯이 시를 쓴다"라고 하여, 2000년대의 급격한 시적 변화에 따른 극도로 난해해진 시에 적극적으로 대응하는 모습을 보이고 있기 때문이다. 그의 시적 견해를 더 볼 필요가 있겠다. "(요즘의 난해 시에 대해) 시인 자신이 말하고 싶은 것, 본 것을 힘 있고 확실하게 써야 한다. 자신이 쓴 시를 자신도 모르고 있으며, 결국 (난해 시가) 독자를 내쫓고 있다." 이말로 보아 신경림은 당시 시 문단의 흐름에 편승하거나 대응했다기보다는 스스로고유의 길을 걷겠다는 태도를 엿볼 수 있다. 이에 대한 근거로 "『어머니와 할머니의 실루엣』과 『뿔』을 쓰면서 명확하게 내 길을 잡게 되었다."라고 한 신경림시인 자신의 말에서도 찾을 수 있겠다.

이렇게, 생애사 고찰과 문학적 행보에서 보듯, 2000년 이후에 신경림은 시 영역을 넘어 산문에 이르기까지 다양한 장르의 작품 활동을 지속하지만, 과거에 발표한 작품을 정리하는 등 더 다양해진 문학 활동 양상을 보였다.

1990년대 이후, 특히 신경림의 두드러진 시적 특징은 글로벌화와 함께 자유로운 세계여행 여건이 되면서 빈번하게 세계기행에 나서게 된다. 먼저, 시인의 기행시에 대한 견해를 보자 "…「낙타」를 쓸 때는 1980년대까지 안 나오던 여권이 김영삼 정부 때부터 나와서 해외여행을 한 해에 서너 번 초청되어 다니다가 낙타를 보고 나의 운명과 비유되어서 쓰게 되었다.", "외국 여행시는 풍물시가 아니고 내가 누구인가를 찾으려고 했던 것"이라고 했다. 신경림 위의 말을 종합하면 그에게 해외 기행은 시의 세계를 확장하는 중요한 계기가 된 사실을 알 수 있다. 즉, 세계 다양한 국가 기행 중에 고향길을 떠올리고, 과거 인물과 사건을 만난다. 순례자는 길 위에서 주변의 소소한 사물을 만나고 오래되고 낡은 것 중에서 새로운 것을 찾아 떠돌면서, 회고와 명상을 통해 시를 빚어놓는다. 뒤에서 기행 시에 대해 재론하겠지만, 후기 시집 5권에 실린 287편의 시 중 72편이 해외 기행 시로, 비중이 높다는 사실을 알 수 있다.

신경림 시인의 2000년 이후 시에 대한 견해를 다시 짚어볼 필요가 있겠다. 즉, "시 작업이야말로 세계화, 디지털 시대에 가장 적합하지 않은 일일 수도 있다는 것이다. 모든 것이 빨리 변하고 쾌속으로 질주하는 속에서 시는 어쩔 수 없이 느린 걸음으로 걸을 수밖에 없기 때문이며, 시는 언젠가는 버려질 방언과 같은 것일지도 모른다"라고 했다. 그래서 신경림 시인은 "느릿느릿 걸어간다는 생각으로, 많은 사람들이 알아듣지 못하는 방언을 중얼거리듯 시를 쓴다."라고 했다. 이같은 환경에서 신경림의 방언은 지나온 삶에 대한 성찰과 죽음에 관한 실존의식이 더욱 빈번하게 드러내게 된다. 2000년 이후 신경림의 시 세계는 이런 사회 문학적인 환경 혹은 범주에서 정리되어야 할 것이다. 왜냐하면 신경림 시인은 시대의 밖에 갇혀 있는 시인이 아니라 시대의 한가운데서, 오늘의 문학예술에 대해 끊임없이 자성과 탐구를 통해 왕성한 창작 활동을 하고 있기 때문이다.

신경림 시인의 2000년 이후 시 창작 활동을 정리하면 다음과 같다.

첫째, 2000년대 이후로 접어들면서 인터넷, 스마트폰 등 IT가 생활 중심에 자리 잡기 시작하면서 종이책이 사라지고 문학 출판 시장이 붕괴하였다. 여기다 시 자체도 난해한 경향을 보이면서, 독자들의 시에 대한 열기도 식어가는 분위기지만 신경림은 역설적으로 "시를 즐거움으로 쓰며, 느린 걸음으로, 언젠가 없어질지도 모르는 방언"으로 인식하면서 여전히 시의 자리를 지키면서 시작(詩作) 활동을 지속해 왔다.

둘째, 2000년 이후, 신경림은 '무엇을 써야 한다'라는 과거 리얼리즘 시 창작에 대한 중압감에서 벗어나 즐거운 시 창작 활동을 하고 있다는 점이 특징이다. 따라서 그의 시는 다양화되고, 내면화되면서 더 심화된 시의 세계로 확장된다.

셋째, 세계 다양한 나라로 공간을 넓혀간 점도 중요한 특징이다. 신경림은 길 위에서 지나온 삶을 돌아보거나 그곳에서 작금의 현실적 삶을 조우(遭逢)하고, 자신을 더 객관적으로 돌아보는 계기가 된다.

이상, 1990년대와 2000년대 이후 사회 및 문단 환경은 다양성으로 특징 지워지는 동시에, 거시 담론이 퇴장하고 미시 담론이 시대 전면으로 등장하는 변화로 인상 지워진다고 할 수 있겠다.

## 3. 후기 시의 네 가지 유형

최두석은 한국 현대 시문학사에서 리얼리즘 시는 '현실을 바로 보고 바로 살려는 마음'과 개별 작품 사이를 매개하는 특징으로 진보주의 비관주의 현실주의라는 세 가지 개념을 설정했다. 그에 따르면 "리얼리즘 시인에게 바람직한 사회에 대한 열망은 진보주의로 형상화되는 것이 자연스럽지만, 이 욕구가 현실적으로 좌절되면 비관주의적 양상을 띠며, 진퇴양난의 극단적인 상황에서는 일종의 변증법적 지양으로 직설적 현실주의로 발현된다."라고 했다. 즉, 진보주의가 후퇴하고 비관주의 및 현실주의로 중심축이 이동하며, 이를 시적 관점으로 대입하면 끝내는 순수 서정주의로 기울게 되는데, 이는 애초부터 리얼리즘 시의 울타리를 유연하게 규정했고, 시대에 따른 유연한 변화를 상정한 견해로 보인다.

앞에서 살펴본 바와 같이, 1990년대와 2000년 이후 한국 사회는 엄청난 지각변동을 겪게 되었다. 이념이 사라지고 역사나 시대, 사회 등의 거시 담론이 퇴조하고 개인의 일상이나 파편화된 현실과 같은 미시적 담론의 사회가 되었다. 특히 2000년대는 거대 자본이 삶을 지배하는 사회에서 파편화된 개인은 점차 왜소화되어 가고 있다. 이에 따라 신경림의 후기 시도 사회 집단적인 거시 담론에서 개인이나 소집단의 미시 담론으로 변화했으며, 이 연구는 이런 사회적 변화를 전제로 후기 시의 변화 양상을 고찰하겠다는 논지를 피력했다.

앞에서 고찰한 바와 같이, 신경림의 후기 시는 동서 이념대립이나 민중의 현실적 삶을 억압하는 사회 모순의 빈자리에 새롭게 자리한 신자유주의라는 거대 자본 사회가 주된 비판 대상이 되었다. 그러나 이념의 공백에 들어선 신자유주의의 현실적인 모순이 교묘하게 가려진 채 존재한다는 점이 다르다. 이런 현실에서 진보주의 시인에게는 두 가지 과제가 부여된 셈이다. 하나는 교묘하게 숨겨진 왜곡된 현실을 일깨워주는 일이고, 이에 대응할 방법을 일깨워주는 일이다.

신경림 시인은 후기 시에서 위의 과제를 지속과 변화 두 방법을 통해 수행하고 있다. 즉 국가와 민족과 같은 사회 문제와 농민과 노동자 도시 서민 등 사회적인 거시 담론은 지속을 통한 시적 방법으로 여전히 저항적인 시로 형상화되며, 나와 가족 이웃에 대한 문제나 소소한 자연과 일상의 소재와 같은 미시 담론의 문제는 시적 변화를 꾀한다. 좀 더 구체적인 방법론에 대입하여 설명하면, 사회적 거시 담론은 회고와 반성적 어조로, 미시 담론은 소시민의 소소한 일상과 같은 개인의 문제를 천착하거나, 시인의 내면 성찰을 통해 드러나게 된다.

이 연구는 이런 집단의 거시 담론에서 개인의 미시 담론의 변화를 중심축으로 후시기의 특징을 다음 네 가지 유형으로 설정했다. 곧, 거시 담론의 진보적 이상에 대한 회고와 반성, 왜곡된 현실에 대한 비판과 저항 두 유형, 그리고 미시 담론의 가족과 작은 이웃 돌아보기와 자연과 현실 아우르기 두 유형이다.

물론 시가 시인의 정서나 사상, 예술적 심미적 세계 등 고도한 정신세계의 산물인바, 이를 일정한 유형으로 가르는 일은 애초부터 자의적이거나 편의적일 수는 있을 것이다. 그런데도 위에서 고찰한 바와 같이 시인의 현실 인식 변화에 따라 시에 변화가 반영된다는 귀납적 근거(결과로 생산된 작품)를 상정한 임의적인 판단으로 분류한 표임을 밝혀두고자 한다.

제3장에서는 이념이 사라진 시대에 바뀐 현실 인식에도 불구하고 1970, 80년대의 집단적이고 거시적인 담론을 기저로 창작된 작품들이다. 1990년대 이후 바뀐 사회에 대해서도 여전히 진보적인 사회에 대한 열망을 지니고 있으며, 과거 사회에 대한 회고와 반성하는 시와 왜곡된 현실에 대한 저항과 비판적인 시 두 유형을 설정했다.

1. 진보적 이상에 대한 회고와 반성 : 진보적 이상이 변화된 진보주의자의 직설적인 비판이 여전히 남은 시적 경향을 보이는가 하면 시적 자아의 반성적 거리 두기로, 지난날에 대한 고백과 회한의 방법으로 사회에 대한 저항적인 어조가 나타난다.

2. 왜곡된 현실에 대한 비판과 저항 : 나 혹은 우리를 향한 성찰적 비판으로 나타난다. 여기서 나와 우리는 이념이 배제된 작은 이웃으로 확장된다. 그러나 여전히 저항적인 의지가 남아있어서 외부자의 시선으로 객관화되거나 낮은 어조의 저항을 보이게 된다.

제4장에서는 미시 담론의 시대적 변화가 뚜렷이 반영된, 인간과 자연의 서정 세계를 다룬 시 편들이다. 이념이 사라진 빈자리에 들어선 개인적이고 일상적인 소재를 통해 서정 세계를 지향한 작품들이다.

1. 가족과 작은 이웃 돌아보기 : 이 유형의 시는 자연과 일상에서 확장된 소재 탐구로 서정성이 확장된 세계를 보여준다. 주로 나와 가족의 삶이 중심 소재로 다뤄지는데, 주변적인 소재에 대한 탐구와 명상을 통해 삶의 유한성에 대한 깨달음을 보여주며, 작은 이웃을 향한 따뜻한 시선이 유지된다.

2. 자연과 현실 아우르기 : 이 시 유형의 시는 소소하고 주변적인 삶에서 탐구되는 서사를 통해 서정성을 극대화하는 시이다.

위의 시적 변화와는 다른 축으로, 후기 시의 특징을 고찰하는 방법의 하나로, 창작 방법에서 버려지거나, 지속되거나 강화되는 요소를 따로 정리할 필요가 있겠다. 예컨대 신경림의 중기 시의 핵심이었던 민요 가락은 내면화되거나 버려졌지만, 소외된 이웃을 향한 시선이나, 평범한 일상 언어를 사용하는 쉬운 시, 인물과 사건 배경을 바탕에 둔 이야기식 서술 기법, 유랑을 통한 시적 서정, 존재 탐구를 통한 서정적 동일화 등은 지속되거나 강화되었다. 이 같은 맥락에서 보면 '서정적 현실주의'는 전 시기부터 있었던 시적 경향이거나 강화라고 보아야 할 것이다. '서정적 현실주의'에 대해서는 분석 과정에서 다시 언급될 것이다.

제3장, 제4장에서는 위의 네 가지 시 유형으로 후기 시를 분석해 나갈 것이다.

제3장 이념이 사라진 시대의 현실 인식

이번 장에서는 이념의 시대에 주류이던 거시 담론의 시적 경향을 탐구한다. 특히 도달해야 할 이념과 연대의 장이라고 할 수 있는 광장이 사라지면서 신경림 시에는 두 가지 유형의 목소리가 등장한다. '진보적 이상에 대한 회고와 반성'과 '왜곡된 현실에 대한 비판과 저항'이 바로 그것이다.

먼저, 리얼리즘 시론에 대한 재고와 리얼리즘 시에 대한 개념이 설정이 되어야 할 것 같다. 생애사에서, 신경림은 문학소년 시절에 "백석, 이용악, 임화, 오장환, 정지용 시에 빠져 있었고", 선행 연구자 최두석이 "임화와 이용악으로부터 본격화되기 시작한 리얼리즘 시는 사회의 진보와 관련하여 현실에 관한 핍진한 탐구에 역점을 두면서 신경림이나 김지하 등의 시적 성취로 이어지고 있다."라고 평가한 바 있다. 최두석이 정리한 리얼리즘 시의 핵심 개념은 '사회의 진보'와 '현실에 관한 핍진한 탐구'로 볼 수 있다. 여기서 '사회의 진보'란 사회와 공동 집단의 거시 담론이고, '현실에 관한 핍진한 탐구'는 나를 포함한 주변 인물의 일상적인 삶의 문제를 천착하는 미시 담론이다. 이에 따라 이 연구에서도 리얼리즘 시에 대한 정의를 "사회의 진보 문제는 물론, 현실을 바로 보고 보다 나은 삶을 영위하기 위한 시적 의식을 반영한 생활의 시"로, 후기 시 '리얼리즘 시'에 대한 범주를 유연하게 설정하여 이 연구에 적용하고자 한다. 왜냐하면 1970, 80년대 중기 시에서 모순된 현실을 극복하기 위한 민중의 강인한 극복 의지와 투쟁 의식을 표출한 고정화된 리얼리즘 시적 인식으로는 신경림이 후기 시에서 표현하고자 하는 인간에 대한 풍부한 형상화를 온전히 탐구해 낼 수 없기 때문이다. 선행 연구자 강정구도 "리얼리즘 시가 투쟁과 혁명의 시가 아니라, 생활 체험과 현실 반영의 시"로 정의했고, 김성규도 "그의 시가 민중적이고 리얼리즘적이라 했을 때 그

기반을 이루고 있는 것은 사람이 살아가는 구체적 현실이고,(…) 인간적인 만남과 생활의 얼룩이 묻은 채 빚어내는 서사를 지향한다."라고 함으로써 후기 시 리얼리즘 시의 개념을 '현실적인 삶의 문제'로 유연하게 설정하고 있음을 확인할 수 있다.

## 1. 진보적 이상에 대한 회고와 반성

리얼리즘 시인에게 현실 사회에서 진보적 이상이나 전망이 사라졌을 때, 시인은 직접 저항의 목소리를 내거나 우회적으로 저항할 방법을 모색하게 된다. 그러나 현실적으로 방법이 없을 때는 좌절과 탄식으로, 혹은 옛 시대를 회고하거나 독백의 방법으로 표현한다. 신경림의 후기 시에서는 여전히 역사 현실에 대해 직설적 언어로 표현하거나, 한발 물러나 과거 현실에 대해 회고와 반성의 목소리로 이를 드러내기도 한다. 즉, 1970, 80년대까지 두드러졌던 민중 · 민족 · 통일 · 노동 담론에 기반을 둔 확신에 찬 선동이나 계몽, 선구자적 목소리가 사라진 특징을 보여준다.

이념과 광장이 사라진 시대에 대해 직접 저항하거나 그 왜곡된 현실을 어떻게 비판하면서 살아가야 할 것인가에 대한 본격적인 고뇌를 드러낸다. 이런 변화에는 근본적으로 진보적 이상의 변화와 거기에서 동반되는 자조와 상실감이 기저에 깔려있음을 알 수 있다.

이 절에서는 진보적 이상의 변화에 대한 독백과 자조적인 목소리로 드러나는 두 가지 시 유형을 살펴보고자 한다.

### 1) 진보적 이상의 변화

신경림의 후기 시를 살펴보면 진보적 이성을 상실하거나 변화된 시대임에도 불구하고 '진보주의자의 목청'은 여전히 높게 표현되는 것으로 보인다. 그러나 표면적으로만 그러할 뿐 시의 행간에 깔린 상실의 정조를 읽어내기란 그다지 어려운 일이 아니다.


혁명은 있어야 겠다.
아무래도 혁명은 있어야겠다
썩고 병든 것들을 뿌리째 뽑고
너절한 쓰레기며 누더기 따위 한파람에 몰아다가
서해바다에 갖다 처박는
보아라, 저 엄청난 힘을.
온갖 자질구레한 싸움질과 아비한 음모로 얼룩져
더러워질 대로 더러워진 벌판을
검붉은 빛깔 하나로 뒤덮는
들어보아라. 저 크고 높은 통곡을,
혁명은 있어야겠다.
아무래도 혁명은 있어야겠다.
더러 꼿꼿하게 잘 자란 나무가 잘못 꺾이고
생글거리며 웃은 일이 있더라도,
때로 연약한 벌레들이 휩쓸려 떠내려가며
애타게 울부짖는 안타까움이 있더라도,
그것들을 지켜보는 허망한 눈길이 있더라도.


- 「홍수」 전문


시집 『쓰러진 자의 꿈』(1993)에 실린 「홍수」가 실제로 발표된 시기는 1990년

12월이다. 당시 신경림은 자유실천문인협회의 임원이었으며, 이듬해인 1991년에 자유실천문인협회 회장과 민족예술인총연합회 공동의장으로 취임한다. 이런 시대 분위기 속에서 창작된 위의 시는 이념과 이상을 강조하던 1970, 80년대식 리얼리즘 시의 성격을 온전하게 지니고 있다. 이때까지만 해도 신경림 시인은 자신이 어떤 길을 가야 하는지, 시가 사회적으로 어떤 역할을 해야 하는지 선도적인 위치에서 고민하고 있을 시기였다.

인용 시에서, 시적 자아의 목청이 한껏 높게 표출되고 있으며 이상적 현실에 대한 바람을 무자비하리만치 큰 힘의 홍수를 빗대어 표현한다. 그리하여 혁명이라는 직설적인 시어가 힘차게 살아 있으며, "온갖 자질구레한 싸움질과 야비한 음모로 얼룩져/더러워질 대로 더러워진 벌판"에서도 "검붉은 빛깔 하나로 뒤덮는" 혁명적인 변화의 당위성을 목청껏 역설한다.

여기서 주목할 것은 혁명이라는 과업을 위해서는 어느 정도의 희생도 감내해야 한다는 시적 자아의 생각이 기저에 깔려있다는 점이다. '잘 자란 나무'나 '연약한 벌레'는 소소한 개인을 은유하는데, 신경림의 시에서 이렇게 연약한 벌레로 은유화 된 '소소한 개인'의 희생을 용납한 시는 거의 없다. "더러 꼿꼿하게 잘 자란 나무가 잘못 꺾이고/생글거리며 웃는 일이 있더라도,/때로 연약한 벌레들이 휩쓸려 떠내려가며/애타게 울부짖는 안타까움이 있더라도," 사회 집단의 큰 성취를 위해서는 작은 것이 희생되어도 좋다는 인식까지 읽어낼 수 있는 것이다. 물론 이것은 "애타게 울부짖는 안타까움이 있더라도,/그것들을 지켜보는 허망한 눈길이 있더라도"에서처럼 지금의 이 의지가 장차 어떤 고통을 불러올지 알고 있지만, 그런데도 홍수처럼 엄청난 힘이 아니고서는 혁명을 이뤄낼 수 없으니 희생은 불가피하다는 인식이다.

이처럼 후기 시에서도 여전한 혁명에 대한 열망은 같은 시집에 실린 시 「파고

다공원에서」서도 확인할 수 있다. 그러나 「홍수」보다는 차분한 어조지만, 진보적인 이상에 대한 전망이 살아 있다.

산비알을 토끼처럼 도망치던 산사람과
뒤쫓으며 총질을 하던 사냥꾼이
버즘나무 아래서 장기를 두고 있다
산사람이 포로 궁을 들여치고
어깨춤으로 기세를 올리면
사냥꾼이 뒷걸음질로 꼬리를 사린다
황혼 녘이면 둘이
어깨 나란히 포장마차도 기웃대리라
하지만 성급하게 말하지 말자
역사란 안개처럼 모든 것을
이렇게 덮고 지나가는 것이라고
이렇게 묻고 흘러가는 것이라고
한밤중 땅속 그 깊은 곳에서
오늘도 그 큰 울음 들리 테니

   -「파고다공원에서」 전문

파고다공원은 역사적으로 어떤 곳인가. 3.1 민중운동의 '역사적인 혁명의 함성'이 살아 있는 광장이다. 「홍수」와 비교했을 때, 이 시의 시적 자아는 역사적인 변혁에 대해 조급하지 않다. 시의 전반부를 보면 '쫓는 자'와 '쫓기는 자'가 이제는 역사의 기운을 찾아볼 수 없는 공원에서 한가하게 평화롭게 장기를 두고 있는 장면을 통해 지난 시절의 꿈이 모두 아무렇지도 않게 사라진 것 같은 장면을 보여준다. 다소 성급하게 평가하자면 이젠 모든 것이 묻혀버렸다고 말할 수 있겠지만, 후반부의 시구절들을 읽노라면 그렇게만은 볼 수 없음을 확인할 수 있다. 왜냐하면 "안개처럼 모든 것을/이렇게 덮고 지나가는 것이라고/이렇게 묻고 흘러가는 것"이라는 시 구절을 통해 문득 패배주의자의 현실 인정만을 내세우는 것처럼 보이기 때문이다. 그렇지만, "한밤중 땅속 그 깊은 곳에서/오늘도 그 큰 울음 들릴 테니"라는 마지막 다짐을 통해 표면적으로 아무렇지 않게 흘러가는 일상 뒤편, 혹은 그 심층에는 역사의 큰 울음이 여전히 존재하고 있으며, 그것은 결코 지워지거나 사라지지 않고 생생하게 살아 있음을 다부진 의지로 꿰뚫어 보고 있기 때문이다.

목청을 높여 혁명을 말하거나 아니면 차분한 어조로 역사의 도도한 진보를 믿는 경우 이외에도, 신경림의 시적 자아가 견지하는 진보주의자의 시선은 노동을 다룬 시편들에도 자연스럽게 만날 수 있다.


새파랗게 빛나는 잎만 있는 것이 아니다.
눈부시게 아름다운 꽃만 있는 것이 아니다
찢기고 할퀴어 흠집투성이인 가지가 보인다
벌레와 비바람에 썩고 잘려나간 밑동이 보인다
돌과 흙에 짓눌린 뿌리가 보인다


얼어붙은 비탈길을 미끄러지는 쓰레기차가 보인다
이른 새벽 셔터를 올리는 시퍼렇게 터진 손이 보인다
새벽길 삼백 리를 달려온 찌그러진 작업화가 보인다

　-「찌그러진 작업화」 전문

1980년대의 노동시는 '이념적 선동'과 '계몽적 우의성', '의미의 단일성' 등으로 정리되며, 대체로 '단성적인 문학'으로 언급되거나 인식됐지만 실은 주체와 타자의 관계를 바탕으로 한 다양한 언술 양상을 보여주고 있다는 사실도 함께 파악해야 그 전모를 확인할 수 있다. 실제로 당시 대표적인 노동자 시인으로 알려진 박노해, 백무산, 박영근 등의 노동시는 일반적으로 알고 있는 선동적이고 단성적인 특징과는 달리 반성과 회고적인 언술, 암시적인 언술, 해학적인 언술, 연민 어린 언술 등 다양한 언술 유형으로 시의 서정성을 갖추고 있다. 그뿐만 아니라 주체와 타자의 관계도 다양한 실험적 장치를 통해 역동적이고 입체적인 방식으로 표현되었다. 예를 들어 박영근의 시집 『대열』(풀빛, 1987)에서 볼 수 있는 노동자들의 일기, 낙서, 편지 등 다양한 실험적 언술 양식을 차용하며, 백무산의 『만국의 노동자여』(청사, 1988)에서 볼 수 있는 민요와 판소리의 차용 및 지배 체제에 대한 다채로운 패러디와 해체 등 다양한 언술 유형을 차용하고 있다. 또한 백무산의 『동트는 미포만의 새벽을 딛고』(노동문학사, 1990)에 나타난 보고문학 형식의 활용도 대표적인 사례라고 할 수 있을 것이다. 이렇듯 다양한 언술 방식의 시도와 시적 장치들은 '노동시는 단성적'이라는 평가를 넘어서 다성적인 문학의 가능성을 추구하고 있었음을 선보였으며, 다양한 실험을 통해 공동체 의식을 효과적으로 드러냈다.

 대부분의 연구자가 신경림의 시를 '민중 시'로 일반화시키는 데서도 알 수 있듯이, 그의 시적 대상이 대부분 가난하고, 소외되거나 곤고한 삶을 살아가는 사회적 약자를 향하고 있다는 점에서 신경림의 후기 시 또한 전기와 중기 시의 특징을 유지하고 있음을 알 수 있다. 생애사에서 기술한 바와 같이, 신경림은 해방 전후의 혼란기와 6·25 전쟁이 남긴 트라우마와 같은 상흔(傷痕)을 봤고, 1970년대 가난과 굶주린 환경을 살아가는 사회적 약자들의 삶과 왜곡된 사회 현실을 인식하게 된 그는 농민과 노동자들의 삶을 사실적으로 형상화하는 현실 참여시를 쓰기 시작했다. 당시 그는 1973년 시집 『농무(農舞)』를 펴낸 것을 시작으로, 시란 "작은 것, 버려진 것, 하찮은 것, 괄시받는 것들을 보듬어 안아야 한다."라는 생각을 시로 실천했으며, 대부분의 시편이 모두 약자들의 삶에 대한 이해와 공감을 기저에 깔고 있다.

이처럼 주로 농민, 장꾼, 노동자, 도시 빈민들의 울분과 분노에 찬 현실적인 삶을 구체적이면서도 사실적으로 보여줬던 것처럼 인용 시 「찌그러진 작업화」에서도 자연으로 돌아가게 된, 잊힌 노동자의 흔적을 통해 몰락한 노동운동의 안타까운 현실을 '회고와 탄식의 어조'로 표현하고 있다. "새파랗게 빛나는 잎만 있는 것이 아니다./눈부시게 아름다운 꽃만 있는 것이 아니다/찢기고 할퀴어 흠집투성이인 가지가 보인다"라는 구절을 읽으면 일반적인 차원에서 나무의 존재론을 말하고 있는 것처럼 보인다. 그렇지만 눈부시게 아름다운 꽃이 존재하려면, 그 꽃을 피워내기 위해서는 인고의 시간과 고통이 동반될 수밖에 없다. 따라서 꽃과 흠집투성이 가지를 동시에 보는 일은 자연스럽다. "벌레와 비바람에 썩고 잘린 밑동이 보인다/돌과 흙에 짓눌린 뿌리가 보인다"라는 시 행 또한 가지보다 더 낮은 자리에서 삶을 포기하지 않고 버티어온 나무의 존재를 통합적인 눈으로 바라보게 된다.

그런데 이와 같은 일반적 차원의 나무에 대한 인식은 2연으로 넘어가면서 크게 달라진다. "얼어붙은 비탈길을 미끄러지는 쓰레기차/이른 새벽 셔터를 올리는 시퍼렇게 터진 손/새벽길 삼백 리를 달려온 찌그러진 작업화"가 병치 되는 순간 앞선 1연에서 나무의 일반적인 존재론에 대한 관찰은 우리가 살고 있는 이 매끄러운 세계가 실은 새벽 쓰레기차에 매달려 시퍼렇게 얼어 터진 손으로 쓰레기를 수거하는 노동자의 힘겨운 노동을 통해서 유지되고 있다는 사실을 확인하게 된다.

결국 "농익어 단 열매만 뽐내는 저 큰 나무에"라는 마지막 구절은 '우리의 인식이 다가가 닿아야 할 지점'임을 간접적으로 시사해 주고 있다. 결론적으로, 큰 나무의 단 열매만을 보지 말고 저 찌그러진 작업화를 함께 보아야 우리 시대의 실상을 제대로 볼 수 있다는 것이다.

이처럼 노동시 계열에서도 시인의 진보적 시선은 여전하고, 시인이 나아갈 방향에 대한 인식 또한 분명하지만, 이 계열의 작품에서 두드러진 점은 진보적 이상의 변화 혹은 상실에서 오는 좌절감이다. 특히 『어머니와 할머니의 실루엣』에 실린 다음의 두 시 「별」과 「南道路室」에서는 '별처럼 빛나는 과거의 역사'를 쉽게 잊은 세태를 한탄하는 어조가 전면에 등장하며, 시적 자아는 이런 세태에 대해 쓸쓸해하며 상실감에 빠진다.

1


죽산이 목매달리던 날
나는 울면서 시 한편을 썼다
남산의 이승만 동상이
밧줄에 묶여 거꾸러지던 날엔
환호작약하며 대취했다
박정희가 총 맞아 죽던 날 무던히도 신이 나서
한남철 조태일과 대낮에 술을 마셨다
루마니아의 태양 차우셰스쿠의 동체가
사회주의혁명의 아버지 레닌의 모가지가
땅에 떨어져 민중의 발에 짓밟히던 날
나는 무엇을 했던가

무슨 생각을 했던가

번개가 내 머리를 때린 날이 있었다
순간 나는 내가 무엇을 생각하고
무엇을 하며 살아왔는가를
잊어버렸다
기억을 더듬어
명동성당의 농성장도 가보고
인사동과 종로도 더듬고
종묘공원의 집회에도 참석하지만
내 삶의 흔적은 아무 데도 없었다
내가 남긴 발자국도 체취도 없었다
내가 누구인가를 아는 사람을
만날 수도 없었다

2

돌아오는 버스에서 하늘을 바라본다
공장과 자동차의 매연으로
썩어 시커먼 서울 하늘
저 뒤 깊은 곳에서는 그래도
별이 무리지어 반짝이고 있을까
라디오에서 거듭 강조되는 북한과 쿠바의
참혹한 가난 굶주리는 어린이들
그 별의 무리 속에서 체 게바라가

산마루에 총대를 베고 누워 바라보던

별도 아직 반짝이고 있을까


광주에서 천안문 광장에서

다시 미라이 마을에서

무고한 사람들이 총부리 앞에

쓰러지던 날 나는

무엇을 했던가 무슨 생각을 했던가

탐욕과 위선과 궤변으로

썩어 시커먼 서울 하늘

저 뒤 깊은 곳에서는 그래도

별이 무리지어 반짝이고 있을까

내 삶의 흔적은 아무데도 없고

내가 남긴 발자국도 체취도 없고


  -「별」전문


   인용 시에서는 죽산 조봉암의 죽음에 대한 탄식과 회오의 어조가 직접적으로 등장한다. 2장의 생애사 고찰에서 살펴본 것처럼, 죽산은 민중의 편에 서서 정치적 신념과 행동을 일치시키려 노력한 인물이었고, 그런 이유만으로 독재자의 음모에 의해 억울한 죽임을 당했다. 신경림은 청년 시절, 바로 그 죽산과 함께 행동했다. 신경림은 죽산이 세상 뜨던 날, 울면서 시를 한 편 썼다. 이렇게, 비록 한 시대 한 인물은 저세상으로 갔지만, 그의 희생정신이 변혁의 역사적 전통으로 이어지지 못한 현실을 한탄하는 진보주의자의 정조로 이어진다.

   신경림 시인에게는 독재자 이승만 박정희에 맞섰던 시절도 있었지만, 그 시절의 열기는 이미 오래전에 잊혔다. 그뿐만 아니라 "루마니아의 태양 차우셰스쿠의 동체와 사회주의혁명의 아버지라 불리는 레닌의 모가지가 땅에 떨어져 사람들의 발에 짓밟히던 날"에도 시적 자아는 자신이 무엇을 했는지 기억하지 못했다고 한탄한다. 이제는 세상 또한 그런 일들을 까맣게 잊기까지 했다. 시적 자아는 치열하게 투쟁했던 기억을 더듬어 "명동성당의 농성장에도 가보고, 인사동과 종로를 더듬고, 종묘공원의 집회에도 참석해보지만" 예전의 열정과 치열했던 자취는 어디서도 찾을 수가 없다.

바로 이런 격세지감(隔世之感)에 시적 자아는 상실감을 느끼며, 지난날 자신의 삶을 되돌아본다. 그 결과, 진보적 이상은 사라지고, 누구도 기억하는 사람이 없으며, "북한과 쿠바에 가난에 굶주리는 어린이들"이 넘쳐나고 있다. 그뿐만 아니라 시적 자아가 살아가고 있는 서울은 "공장과 자동차의 매연으로/썩어 시커멓고", "탐욕과 위선과 궤변으로/썩어 시커멓다."라고 현실에 대한 좌절감을 토로하고 있다. 이런 현실에서 시적 자아는 독백의 어조로 자신과 세상을 향해 묻고 있다. 하늘에 뜬 별이 가야 할 길의 이정표가 되어주던 때처럼, 여전히 '별'은 반짝이고 있는가. 혁명을 향한 치열한 염원이 지금은 어디에 있는가. 그러나 누구도 대답해 주지 않고 시적 자아는 스스로 답을 할 뿐이다. "내 삶의 흔적은 아무데도 없고/내가 남긴 발자국도 체취도 없는 시대"가 되어버린 것이다.

시적 자아에게 지금은 별이 사라진 시대가 되었다. 어느새 진보주의자의 열망은 차갑게 식었고, 자기반성적인 독백 안에서 남은 것은 오직 공허함과 상실감뿐이다.

이처럼 시대의 변화와 함께 살아남은 자의 회한은 신경림 후기 시의 주요한 주제가 된다.

인사치레로 망월동에 가서 참배를 하고
울적하니까 셀프집에서 생맥주 천씨씨짜리 두어개 걸쳤다
만만한 게 사회주의라 디립다 씹고 밟고 찢고
그래도 화가 안 풀리면 이번에는 노래방이다
「무정 부르스」를 목청껏 뽑고 「애모」를 악을 쓰고 부르다가
다 밝아 넝마가 되어 여관방에 와 누웠는데
이게 웬일이냐
금세 돌이 날으고 총알이 쏟아질 것 같은 금남로가
전봉준과 나란히 벽에 와 걸렸으니
정신이 번쩍 들어 불을 켜니
난데없이 벌거벗은 아가씨들이 떼로 몰려나와
자빠지고 엎어지고 온갖 요사를 다 떠는구나

저도 돌이 나는 금남로를 보겠다는 건지
창문으로 기웃이 고개를 디민 저
허연 아카시아 꽃떨기에 어린 것이 눈물일까 달빛일까

- 「南道路室」 전문

인용 시는 광주를 중심으로 한 남도 기행을 배경으로 하고 있다. 엄숙해야 할 망월동 참배가 "인사치레"라는 말로 수식되는 것은 광주와 망월동을 폄훼해서가 아니라 그 뜨거웠던 민주화의 열망이 다 잊히고, 이제는 기억하는 사람조차 없는 현실에 대한 울분의 또 다른 표현이라고 보아야 할 것이다. 이러한 감정은 앞선 「별」에서처럼 세상이 바뀌었다는 허무 인식을 기반에 두고 있다. 그것은 "만만한 게 사회주의라 디립다 씹고 밟고 찢고"에서도 확인할 수 있는데, 진보사회의 이

론적 배경이 되었던 사회주의 이데올로기는 이제 실효성을 다하고, 그저 하나의 술안주로 전락한 현실이 안타깝기만 하다. 이런 상황과 그저 술 마시는 일 정도 밖에 할 수 없는 스스로가 싫어서 노래방에 가서 악을 쓰며 "「무정 부르스」를 목청껏 뽑고 「애모」를 악을 쓰고 부르다가" 지쳐서 넝마의 몸이 되어 여관방에 돌아와 누웠지만 여기서도 어떤 새로운 전망이나 깨달음도 등장하지는 않는다.

시의 후반부에서 환상처럼 여관방 벽에 돌이 날아다니는 금남로와 전봉준이 겹쳐서 떠오르게 된다. 하지만 이조차 상실감과 공허함으로 괜한 패악을 부렸던 시적 자아를 준엄하게 꾸짖는 계기로 작동하는 것이 아니라 "벌거벗은 아가씨"가 떼로 등장하는 이미지로 변모하며 "온갖 요사"를 떠는 일로 해석되고 만다. 결국 시적 자아는 어떠한 반성과 참회의 감정도 갖지 못하고 "허연 아카시아 꽃떨기에 어린것이 눈물일까 달빛일까"와 같이 허무하고 쓸쓸한 심정으로 '무기력하게' 창문 밖을 내다볼 뿐이다.

이처럼 진보사회에의 열망이 좌절된 현실에 대한 비감은 1970, 80년대 한국 리얼리즘 문단의 핵심 주제였다고 할 수 있는 민족과 통일에 대한 열망을 반영한 작품에서도 같은 양상으로 드러난다. 「문산을 다녀와서」, 「파주의 대장장이를 만나고 오며」에서는 통일에 대한 열망이 현재성에 초점이 맞추어져 있다기보다는 그것이 어떻게 좌절되었고, 남은 자로서 이 상실감을 어떻게 견디어야 하는지에 막막함에 대한 토로가 더욱 두드러진다.


멸악산맥은 동트기 전에 넘고
연백평야 지령평야를 아침에 지나서
대동강을 건널 때 쯤은 차 안에서 도시락을 먹고
훌쩍 압록강 철교도 건너 황혼 녘엔 시원하게
널따란 중국의 대평원으로 빠지던

우리 조상들이 그렇게 타고 다니던 경의선 타고 가서

기껏 40분 만에 종착역 문산에서 내려

뜯기고 헐린 철길을 걸어

기적이 울리던 기차 굴에서

느타리버섯 철없이 재배하는 구경도 하고

임진각에 가서 멀리 개성 하늘을 바라도 보고

그러다가 문산시장에서 해장국 한 사발로 요기하고

귀에 선 외국말의 소음에 싸여

서슬 퍼런 군화와 흙 묻은 발들에 섞여

오그라들고 쭈그러진 우리 국토에 실려

겨우 한나절 만에 돌아와

관철동 바둑 집에 쭈그리고 앉는 이 답답함


 - 「문산을 다녀와서」 전문


식칼 만들어 자식들 옷가지 사고

낫 벼려 쌀 팔고 밤에는 대폿집에서

순대와 소주로 취해야 하루가 가는

파주의 대장장이한테는 입에 달린 허풍이 있다

집채만한 도가니를 만들어

나라 안의 모든 총과 대포를 잡아넣고

삼백예순닷새 펄펄 끓여

그걸로 가래를 만드는 거다

그래서 사람들은 그를 가래라고 놀려댄다지만

겨우 파주까지 올라갔다가 돌아서는

동강 난 경의선 찻간에서 나도 꿈을 꾼다

차폐물로 골짜기에 숨겨진 탱크와 대포가

펄펄 끓는 도가니 속에 들어가

벌건 쇳물로 녹는 허황된 꿈을 꾼다

그 힘으로 기차가 머리를 돌려 낸다

신의주를 향해 내달리는 어리석은 꿈을 꾼다

병정들의 거친 군홧발자국 소리만큼이나

이웃들의 조롱이 두려운

경의선 썰렁한 찻간에서


-「파주의 대장장이를 만나고 오며」전문


위의 두 시편은 1993년에 출간된 『쓰러진 자의 꿈』에 실린 작품이다. 「문산을 다녀와서」에서 시적 자아는 분단된 국토의 최전방 문산에 도착한다. 분단 이전의 경의선은 대동강, 압록강을 지나 널따란 중국의 대평원까지 이어졌던 대륙 철도 였다. 하지만 분단 이후 경의선을 타고 갈 수 있는 곳은 고작해야 서울에서 40분 정도의 거리에 있는 문산역이다. 막힌 휴전선은 마냥 갑갑하기만 하다. 북한과 가장 가까운 지역 문산에 도착했지만 거기서 한 일이라고는 고작해야 느타리버섯 재배하는 일을 구경한다든지, 문산시장에서 해장국으로 요기를 하는 정도이다. 주한미군들이 내뱉는 "외국말의 소음"을 들으며 "서슬 시퍼런 군화와 흙 묻은 발 들"에 뒤섞여 이리저리 흔들리다가 "오그라들고 쭈그러(들어서)" 겨우 한나절 만 에 서울로 돌아와 "관철동 바둑집에서 쭈그리고 있을 뿐"이다. 이런 시적 자아의 모습은 통일에 대한 열망을 간직하고 어떻게 하면 그것을 실현할 수 있을지 역동 성을 드러내기보다는 더 이상 어떤 전망도 가질 수 없는 막막한 현실에서 그저 소시민적인 삶을 유지하고 있는 자기 스스로에 대한 갑갑한 심정을 토로하고, 삭일뿐이다. 그렇다고 이제는 전 시기처럼 통일의 구호를 외치는 분위기가 아니지 않은가.

시 「파주의 대장장이를 만나고 오며」 또한 갑갑한 심정은 마찬가지이다. 시적 자아는 파주 휴전선 부근에서 사는 실향민 대장장이 노인을 만난다. 흥미로운 것은 노동계급의 민중에 속하는 이 대장장이가 "집채만한 도가니를 만들어/나라 안의 모든 총과 대포를 잡아넣고/삼백예순닷새 펄펄 끓여/그걸로 가래를 만들겠다"라고 이야기하는 대목이다. '가래'란 3~5명 정도의 사람이 같이 힘을 모아 흙을 떠내는 농기구를 의미한다. 즉, 이 대장장이는 식칼과 낫을 만들어 가족을 부양하고 밤에는 대폿집에서 술잔을 기울이며 살아가는 평범한 민중이지만 총과 대포로 상징되는 분단 상황의 비극 앞에서, 그것을 모두 녹여 땅을 갈아엎는 농기구를 만들어 이 땅을 살리는 꿈을 꾸고 있는 것이다. 그가 가진 호쾌한 상상력 앞에서 시적 자아 또한 "탱크와 대포가/펄펄 끓는 도가니 속에 들어가/벌건 쇳물로 녹는" 열망에 대구(對句)하여, "기차가 머리를 돌려 냅다/신의주를 향해 내달리는 어리석은 꿈"을 꾸어보지만, 대장장이처럼 그 열망을 끝까지 믿지 못하고 그만 회의에 빠지고 만다. "이웃들의 조롱이 두려운/경의선 썰렁한 찻간에서"와 같은 표현에서도 알 수 있듯이 어딘가 주눅이 들어 자신의 열망이 얼마나 허황한 것이며, 조롱의 대상이 될 것인지에 대한 인식으로 애초의 상상은 싸늘하게 식어버린다.

이처럼 신경림 후기 시에서는 진보적 이상이 사라지고, 다시는 그것을 꿈꿀 수 없게 되어버린 안타까운 현실이 가감 없이 묘사되고 있으며, 시적 자아는 남은 자로서 그 허망함과 상실감을 어떻게 견디어야 할지 고민할 여력도 없이 위축된 채 자조적인 심정을 드러낼 뿐이다. 이는 이 시기 진보주의자들의 보편적인 모습일 터다.

## 2) 반성적 거리 두기-고백과 회한

이념과 광장이 사라진 시대에 진보주의자가 집단이 아닌 개별자를 통해서 이상을 드러내는 시 유형이다. 앞에서 진보주의자의 상실감을 직설적인 시어로 표현하는 시적 특징을 보였다면, 다음으로 생각해 볼 수 있는 것이 '반성적 돌아보기'로 드러나는 작품들이다. 특히 이 계열의 작품들은 1960년대와 80년대를 거치면서 형성된 행동이나 그 시절 경험했던 사건을 변화한 시대에 서서 '거리를 두고 되돌아보거나' '반성적으로 돌아보기' 방식으로 형상화된다.

신경림 시에서 시적 자아가 '나'를 대상화하는 방식을 살펴보면, 전체적으로는 자기 고백의 형식으로 자신을 대상화한다. 더 구체적으로는, 단순한 자기 고백뿐만 아니라 비판과 자기폭로를 통해서 사건이나 대상과의 거리를 두게 되며, 이를 통해 반성을 수행하고 있음을 확인할 수 있다. 여기서 염두에 둘 것은, 시적 자아가 반드시 반성할 것이 있어서 고백한다기보다는 오히려 고백함으로써 역설적으로 반성을 수행한다는 점이다. 선행 연구자 강정구는 "고백은 반성과 성찰의 시대를 사는 신경림의 한 대응 방식"이라고 정의하면서, 가라타니 고진의 견해를 빌려 '시인은 고백할 내용이 있어서 그것을 고백으로 제도화하는 것이 아니라, 1990년대라는 반성과 성찰의 시대가 요구하는 고백이라는 제도 앞에서 고백할 내용을 찾고 있으며, 이런 과정을 통해서 가족과 성과 양심에 대해 고백했다'라고 적절하게 설명해 내고 있다. 이와 같은 맥락에서 집단이나 공동체가 아니라 개인에 대한 재발견, 개별자의 개성이 중시되었던 1990년대라는 시대 분위기에서 반성과 성찰을 요구하는 흐름이 있었다. 신경림 시인 또한 고백을 통해 반성할 내용을 탐구하고 만들어가면서 진보적 이상의 상실에 적절히 대응하고 있다.


나는 늘 주머니나 배낭에
내가 만든 소도구를 가지고 다니는 모양이다
새로운 것을 보겠다고 틈만 나면 보고타를 가고
시안(西安)을 가고 지안(集安)을 가고 베트남 후에도 가지만
그러면서 끊임없이 놀라고 감탄하지만
막상 내가 정성 들여 눈에 담아가지고 와서 보면
모두들 주머니 속이나 배낭 속 소도구에 의해
장식되어 있고 변형되어 있다.
그래서 나는 가끔 말한다. 이 세상에
새로운 것은 없다고.
그럴까? 정말 그럴까?


나는 문득 나의 이 소도구들이 싫어진다.
60년대, 70년대의 내 핏발선 눈이 싫고
80년대의 내 새된 목소리가 싫어진다.
버려야겠다. 몽땅 버려야겠다. 그래서
강물에 나가 주머니와 배낭을 말끔히 비우는데,
어쩌랴! 돌아와 보면 그 소도구들은
그냥 들어 있으니, 나를 비웃으면서


오는 봄 실크로드를 갈 때도
그 소도구들을 그냥 가지고 가게 되려나!

- 「버리고 싶은 유산」 전문

『낙타』(2008)에 실린 이 시에서, '내가 만든 소도구'란 오랜 세월을 거치며 시적 자아에 형성된 '인식의 틀'이라고 할 수 있다. 다시 말해, 가치관 혹은 세계관이라고도 할 수 있을 이 '소도구'는 눈앞에 처음 보는 새로운 풍경이 나타난다고 해도 그것을 낯설고 새롭게 인식하는 것이 아니라 이미 형성된 틀 안에 들어오는 것만 보게 만드는 제한된 역할을 한다. 시적 자아는 이 인식의 틀로 해석되지 않는 것들은 잘라내거나 아예 없는 것처럼 여김으로써 인식하지 못하는 것이다.

시적 자아가 "나는 문득 나의 이 소도구들이 싫어진다./60년대, 70년대의 내 핏발선 눈이 싫고/80년대의 내 새된 목소리가 싫어진다./버려야겠다. 몽땅 버려야겠다."라고 토로하는 것도 소도구가 지닌 한계를 선명하게 알고 있기 때문이다. 여기에는 지난 시절 자신이 어떤 방식으로 살아왔는지가 비유적으로 담겨 있다. 시인에게 '소도구'는 '아픈 시절의 기억'이자 '그간의 삶의 축적된 내력'이기도 하지만 동시에 이제는 새로운 것을 보지 못하게 만드는 족쇄이기도 하다. 시적 자아는 바로 이처럼 과거의 자신과 반성적인 거리를 두며, 고백을 통해 자신의 한계를 드러낸다. 물론 자신의 소도구를 강물에 버려서 떠나보내고 싶은데, 버리고 돌아섰지만 마치 나를 비웃기라도 하듯이 소도구는 고스란히 그냥 들어있다. 버리지 못해서 "오는 봄 실크로드를 갈 때도/그 소도구들을 그냥 가지고 가게 되려나!"라는 마지막 구절은 그의 고백적인 자기반성이 자신의 과거 삶에 대한 전면적인 부정으로 치달아가는 것은 아님을 보여준다. 왜냐하면 시적 자아에게 소도구라는 유물이 과거의 부정적인 유물이 아닌 긍정인 이유는 소도구를 지니고 있을 때 비로소 안심되기 때문이다. 이때 소도구는 진보주의자의 이상을 은유한다.

같은 시집에 실린 「그 집이 아름답다」에서 신경림은 어린 날, 트라우마로 남았던 사회주의 운동을 했던 삼촌의 억울한 죽음을 떠올린다. 이 시에서 유물은 어떤 모습으로 나타날까?


저분이 선생님이시다. 삼촌의 외경어린 목소리가 귀에 쟁쟁하다.

그 사랑방은 주춧돌도 집터도 남아 있지 않다.

모란과 작약이 있던 마당에 칙칙한 개망초가 어지럽게 피어 스산하다.


그는 모시 중의 차림이다. 어느새 그보다도 나이가 많아진 내가 그 앞에 앉아 있다.

선생은 평양을 가보았소? 개성을 가보았소? 그것이 당신이 꿈꾸던 아름다운 세상이었소?

나는 묻고, 그는 대답이 없다. 먼 산만 보고 있다.


그 안채도 우물도 간 곳이 없다. 울 너머로 내다보던 살구나무도 없다.

묵밭에 개망초만 스산하다.

추적추적 비가 내리기 시작하면 묵밭은 허옇게 빛이 바랜다. 산도 하늘도 허옇게 바랜다.

그의 뜻을 따라 목숨을 버린 젊은이들의 넋이 허옇게 바랜다.


돌아오는 차 속에서 그 집은 재생된다.

사랑방과 대문 안으로 들여다보이던 우물과 그 앞의 살구나무가 되살아나고, 집 뒤로 늘어섰던 대추나무들이 되살아난다.

그는 모시 중의 차림이다.

개망초와 젊은 넋들이 묵밭을 허옇게 덮고 있지만,

그 집이 아름답다, 그가 이룬 것이 없어 아름답고 그의 꿈이 이루어질 수 없어서 더욱 아름답다.

아무것도 남아 있지 않아 아름답고 아무것도 남길 것이 없어 아름답다.

그 집이 아름답다, 구름처럼 가벼워서 아름답다.

내 젊은 날의 꿈처럼 허망해서 아름답다.

- 「그 집이 아름답다」 전문

이 시는 짧은 삶을 살다 간 삼촌의 생애를 돌아보고 있다. "그날 끌려간 삼촌은 돌아오지 않았다."의 시구를 통해 삼촌이 먼저 끌려가고, 이에 대한 울분으로 "지까다비를 신은 삼촌의 친구들은/우리 집 봉당에 모여 소주를 켰다."라고 하여, 그를 따르던 친구들이 모여 울분을 토하지만 당시 현실의 문은 굳게 닫혔다. 따라서 당시의 현실은 "소리개차가 감석을 날라 붓던 버력더미 위에/민들레가 피어도 그냥 춥던 사월"로 남았을 뿐이다. 그렇지만 어린 시절의 시적 자아는 "삼촌을 따르던 그들이 주먹을 떠는 까닭을 몰랐다." 이렇게, 시적 자아에게 6.25전쟁은 엄청난 상처를 남긴 채 지나갔다. 생애사에서 보듯, 신경림의 삼촌 신태은은 사회주의 운동을 하다가 6.25전쟁 중에 일어난 국민보도연맹원사건에 희생되어 젊은 나이에 세상을 떴다. 유년기의 신경림에게 삼촌의 죽음은 무서운 광산에 대한 기억과 함께 트라우마로 남았다. 삼촌과 그를 따르던 청년들이 국민보도연맹 사건으로 함께 희생된 비극적인 이야기가 1960년대 중반에 발표된 자전적인 시 「폐광」에도 잘 나타나 있다.

하지만 삼촌의 삶을 앗아간 전쟁의 상처는 오래도록 가셔지지 않았다. 그의 아픔은 다음 시 행을 통해 시인의 머리에 트라우마로 각인됐음을 보여준다. "밤이면 숱한 빈 움막에서 도깨비가 나온대서(…)/전쟁이 끝났는데도 마을 젊은이들은

/하나하나 사라져선 돌아오지 않았다./빈 금구덩이에서는 대낮에도 귀신이 울어/부엉이 울음이 (죽은) 삼촌의 술주정보다도 지겨웠다. (「폐광」 부분)" 6.25 전쟁이 끝난 뒤에, 나를 중심으로 많은 주변 인물이 전쟁의 광풍에 희생되어 돌아오지 못했고, 그래서 여전히 시인 안에 광풍의 흔적이 트라우마로 기웃대는 것이다. 시인은 그 '시대의 광풍'에의 아픈 기억이 오랜 세월이 지난 뒤 망초 우거진 곳에서 다시 대면하게 된 것이다.

삼촌의 진보적인 사상과 실천의 기원에는 '선생 맑스'가 있었다. 현실을 대상으로 사유하는 철학이 아니라 현실의 실질적인 변혁을 꿈꾸고 현실에 개입하고자 했던 마르크시즘의 영향 아래 삼촌이 진보적인 이상 사회를 꿈꾸다가 억울하게 세상을 떠나고 말았다면 '삼촌이 꾸었던 꿈'은 신경림에게 원망의 대상이 될 수도 있다. 하지만 삼촌의 뜻을 이어받고자 했던 신경림은 마치 꿈결처럼 펼쳐지는, 그러나 모란과 작약 대신 "칙칙한 개망초"만 어지럽게 피어 스산한 집에 앉아 있는 "그(삼촌)"를 향해 안타까운 질문을 던진다. "선생은 평양을 가보았소? 개성을 가보았소? 그것이 당신이 꿈꾸던 아름다운 세상이었소?" 그러나 '선생(삼촌)'은 아무런 대답이 없다. '그'는 "모시 중의 차림"의 옛적 한국적 지식인으로 변모되어 있으며, 그런 의미에서 여기에는 삼촌의 존재 또한 겹쳐 있다. 이제 시적 자아에게 그는 단지 과거의 인물로 기억될 뿐이다. 지금은 "그의 뜻을 따라 목숨을 버린 젊은이들의 넋이 허옇게" 바랬지만, 그럼에도 속절없는 시간만 흐르고, 시대는 바뀌고, 그가 꿈꾸었던 아름다운 세상은 끝내 이 땅에 실현되지 못했기 때문이다. 진보적 이상의 상징이었다고 할 수 있는 그를 향해 질문을 던져보지만 아무런 대답이 없고, 허망함만 남았을 뿐이다. 이는 기나긴 세월에 의지하여 시대와 역사에 대한 화해의 한 부분으로 보아도 무리는 아닐 것이다.

과거의 진보적 이상과 반성적 거리를 두고 던지는 질문은 반드시 과거를 향하기보다는 그 이상을 믿고 지금까지 살아온 시인 자신을 향한 질문이기도 하다. 대의를 믿고 자신의 삶을 바쳤던 치열한 삶은 아무런 열매도 맺지 못하고 그냥 지워져 버릴 수도 있지만, 시적 화자는 "그 집이 아름답다, 그가 이룬 것이 없어 아름답고 그의 꿈이 이루어질 수 없어서 더욱 아름답다./아무것도 남아 있지 않아서 아름답고 아무것도 남길 것이 없어 아름답다"라고 말한다. 이는 일차적으로 지난 시절의 삶에 대한 반성이자 꿈이 실패했음을 인정하는 고백이다. 하지만 이룰 수 없었기 때문에 역설적으로 아름다웠다는 그의 고백은 가능한 것만 수용하는 이 현실에서, 불가능을 꿈꾸며 그 끝이 비록 허망할지라도 최선을 다해 진보적인 이상을 구현하고자 했던 지난날에 대한, 그리고 그 꿈을 믿고 살아왔던 자신에 대한, 회한이 가득 찬 위로의 말로 들린다.

이처럼 신경림 후기 시에서는 고백의 어조로 지난 시절과 진보적 이상, 그리고 대상과의 반성적인 거리 두기가 수행되며, 이는 '회한(悔恨)의 정조'를 수반한다.

다음의 시 또한 직접적인 '말하기'의 방식이 아니라 간접적인 '보여주기'의 방법으로 지난날을 반성적으로 돌아본다. 특히 일상적인 소소한 사물에 대한 관찰에서 시작하여 역사적인 것으로 옮겨가는 시적 자아의 인식은 주목할 만한 가치가 있다.


쓰다 버린 것들과 남은 것들이 모두 이곳에 와서 모여 있다.


여름이라서 더욱 찬 빗줄기가 떨어져 깨어진 신문지 조각, 먹다 뱉은 음식 찌꺼기들을 축축하게 적신다.


밤이 깊으면서 모두 옛날을 재연한다. 1987년 그 우렁찬 함성⋯⋯1980년의 육중한 탱크 소리, 비명⋯⋯1960년의 그 빛나던 환호⋯⋯그리고, 아아 1941년, 석탄재 풀풀 날리는 화물칸에 실려 압록강을 건넜지, 그 광활한 외인의 땅……

　버린 것들은 버린 것들끼리 술판을 벌이고 남은 것들은 남은 것들끼리 싸움판을 벌여 광장에 작은 지도가 만들어진다. 비에 젖은 눈물에 젖은 이 나라의 지도가.

　-「비에 젖는 서울역」 전문

　비에 젖은 오늘의 서울역은 '세상에서 쓰다 버린 것들'과 '남은 것들'이 모이는 곳이다. 시적 자아는 타임머신을 타고 과거에 빛났던 역사적인 사건을 '역(逆)) 파노라마'로 펼쳐놓는다. 시 구절 "1987년 그 우렁찬 함성"이란 무엇인가. 박종철 고문치사 사건으로 촉발된 민주 민중항쟁은 결국 신군부 독재정권이 대통령 직선제를 수용하는 6·29 민주화 선언을 끌어냈고, 5년 단임제의 대통령 직선제 개헌을 쟁취해 냈다. 1980년 광주 민중 학살의 역사, 육중한 탱크 소리와 죽음의 비명이 난무했다. 그리고 부산 앞바다에서 김주열 열사의 시체가 떠오르는 것으로 촉발된 4월 혁명, 1941년 빼앗긴 나라를 찾겠노라고 '석탄재 풀풀 날리는 화물칸에 몸을 숨겨 압록강을 건넜던 선구자의 흔적과 함께 아픈 역사적 도정이 파노라마로 전개된다. 그렇지만 옛적에 빛나던 역사적인 장소의 현실은 어떤 모습인가. "버린 것들은 버린 것들끼리 술판을 벌이고/남은 것들은 남은 것들끼리 싸움판을 벌여" 함성은 간 곳 없고, 과거의 열정과 빛났던 기억은 이제 한낱 '남은 것들'이 되어 서울역 광장 앞 노숙자처럼 모여 있는 것이다. 이렇게 버린 것들이 모여 만들어진 것이 현재의 "눈물에 젖은 이 나라의 지도"의 모습이다. 이는 시적 자아가 탄식하는 이유이고, 그의 현재 심정은 "비에 젖고 눈물에 젖을 수밖에 없는" 상태가 된다.
　다음 시 역시 옛적 영화가 사라진 현실을 탄식하는 회한의 정서가 잘 드러난 시이다.

가볍게 걸어가고 싶다. 석양 비낀 산길을.
땅거미 속에 긴 그림자를 묻으면서.
주머니에 두 손을 찌르고
콧노래 부르는 것도 좋을 게다.
지나고 보면 한결같이 빛바랜 수채화 같은 것.
거리를 메우고 도시에 넘치던 함성도.
물러서지 않으리라 굳게 잡았던 손들도.
모두가 살갗에 묻은 가벼운 티끌 같은 것.
수백 밤을 눈물로 세운 아픔도.
가슴에 피로 새긴 증오도.
가볍게 걸어가고 싶다. 그것들 모두
땅거미 속에 묻으면서.
내가 스쳐온 모든 것들을 묻으면서
마침내 나 스스로 그 속에 묻히면서.
집으로 가는 석양 비낀 산길을.

- 「집으로 가는 길」 전문


『뿔』(2002)에 실린 인용 시에서 시적 자아는 집으로 돌아오는 길 위에서 지난
날 투쟁의 순간들을 순차적으로 회상한다. 길 위에서 그는 살아온 지난 삶의 여
정을 고스란히 펼쳐놓는다. 앞의 두 편의 시가 고백을 통한 반성적 거리 두기를
통해 지난 시절의 자신과 꿈에 대해 회한에 잠겨 성찰했다면, 「집으로 가는 길」
의 시에서는 '지난 시절의 기억'에 대해 "한결같이 빛이 바랜 수채화"처럼 부드

럽게 처리하고 있다. "수백 밤을 눈물로 세운 아픔도./가슴에 피로 새긴 증오도." 를 "땅거미 속에 묻으면서,/내가 스쳐온 모든 것들을 묻으면서", "주머니에 두 손을 찌르고/콧노래 부르면서" 석양이 비낀 산길을 더욱 가볍게 걸어가는 시적 자아의 태도는 과거의 기억에 강렬하게 사로잡혀 그 안에서 절망하기보다는 그 기억에서 놓여나 회한의 감정에서 조금은 벗어나고 싶다는 시적 자아의 의지를 드러낸다. 물론 그러한 꿈(소망 혹은 열망)이 쉽게 이루어질 수 있는지는 알 수 없지만, 과거와 현재의 모든 존재의 안식처라고 할 수 있는 '집으로 가는 길'에서 한 번쯤 자연스럽게 가져볼 수 있는 꿈이라 할 수 있겠다.

2014년 발간된 『사진관집 이층』에 실린 「쓰러진 것들을 위하여」에서도 역시 반성적 거리 두기를 통해 지난 시절의 자신을 냉엄하게 객관화하여 되돌아본다.


아무래도 나는 늘 음지에서 있었던 것 같다
개선하는 씨름꾼을 따라가며 환호하는 대신
패배한 장사 편에 서서 주먹을 부르쥐었고
몇십만이 모이는 유세장을 마다하고
코흘리개만 모아놓은 초라한 후보 앞에서 갈채했다
그래서 나는 늘 슬프고 안타깝고 아쉬웠지만
나를 불행하다고 생각한 일이 없다
나는 그러면서 행복했고
사람 사는 게 다 그러려니 여겼다


쓰러진 것들의 조각난 꿈을 이어주는
큰 손이 있다고 결코 믿지 않으면서도

- 「쓰러진 것들을 위하여」 전문

　인용 시에서 시적 자아는 지난날 자신이 어떤 방식으로 진보적 이상의 실현을 위해 살아왔는지 차분하게 되돌아본다. 시적 자아의 거리 두기를 통한 반성적 인식의 결과, "개선하는 씨름꾼을 따라가며 환호하는 대신/패배한 장사 편에 서서 주먹을 부르쥐었고/몇십만이 모이는 유세장을 마다하고/코흘리개만 모아놓은 초라한 후보 앞에서 갈채했다"라는 것이 어리석은 줄 알게 되었지만 그렇다고 해서 지금에 와서 그 행위에 대해 부정하거나 후회하고 싶지는 않다. 역사 현실은 승리하는 자의 편에서 기록되고 기술되게 마련이지만 신경림이 지닌 진보적 이상은 가난하고 소외된 사람들이 평등하게 잘 사는 세상이기에 그는 어쩔 수 없이 패배하고 마는 사람이라든지, 청중이 얼마 없는 유세장에서 "자신의 불가능한 꿈을 외치는 초라한 후보" 편에 흔쾌히 서 왔다.

　그의 고백이 이어진다. "그래서 나는 늘 슬프고 안타깝고 아쉬웠지만/나를 불행하다고 생각한 일이 없다/나는 그러면서 행복했고/사람 사는 게 다 그러려니 여겼다" 이 고백은 지난날 진보주의자의 당당했던 과거 행적에 대한 담담한 수긍으로 보인다. 또한 이미 패배가 예정된 상황에서 별다른 저항의 방법이 없으므로 어쩔 수 없이 선택한 방법처럼 보이기도 한다. 그런데 이와 같은 해석은 2연에서 조금 달라진다. "쓰러진 것들의 조각난 꿈을 이어주는/큰 손이 있다고 결코 믿지 않으면서도" "쓰러진 것들의 조각난 꿈을 이어주는/큰 손이 있다고 결코 믿지 않으면서도"라는 구절을 1연에 덧붙여 읽어보자면 1연의 앞선 시 구절은 단순히 '좋은 게 좋은 것이다', '그래도 이렇게 살다 보면 좋은 날이 올 것이다'와 같은 '논점 선취와 순환 논리의 오류'의 태도가 아님을 알게 된다. 즉 시적 자아는 음지에서 쓰러져가는 것들의 조각난 꿈이 끝내 하나로 모아져 '거대한 역사의 서사를 만들어낼 것이다'라는 인식을 비현실적인 것으로 자각하고, 초월적인 힘이라는 것이 절대 존재하지 않는다는 준엄한 성찰이 여기에 숨어 있다. 따라서 "사람 사는 게 그러려니 여겼다"라는 구절은 반성적 거리 두기를 통해 오히려 쓸쓸하면서도 아픈 회한의 정조가 더욱 강하게 느껴지는 구절로 변화한다. 갑작스러운 생의 도약을 바라지도 않으면서, 이 냉혹한 현실에 좌절하지 않는, 자신을 스스로 돌아보는 반성적 거리 두기의 태도가 오히려 '쓰러진 것들'을 위한 힘이 될 수도 있는 것이다. 그래서 시적 자아는 자신의 지난날이 초라하지만 당당한 것이다.

지금까지 '이념이 사라진 시대에 현실 보기'라는 관점을 통해서 신경림의 후기 시가 여전히 '진보적 이상에 대한 회고와 반성'이라는 변화 양상을 드러내고 있음을 작품으로 확인했다. 초기와 중기 시의 진보적 이상에 대한 확고했던 신념은 시대적 변화와 함께 후기 시로 넘어오면서 오히려 적극적인 반성의 대상이 되었다. 신경림은 자신의 진보적 이상이 닫힌 현실을 확인하고 상실감과 공허감에 시달리기도 했으며, 그 사실을 가감 없이 고백하면서 과거 기억과 이념에 대한 '반성적 거리 두기'를 통해 회한의 정조를 드러내기도 했다.

이처럼 '진보적 이상에 대한 회고와 반성'을 보여주는 작품은 후기 시 총 287편 중 46편 정도를 차지한다. (【부록 2】 후기 시의 네 가지 분류표 참조)

다음 장에서는 이러한 현실 인식을 토대로 신경림의 시적 자아가 어떻게 왜곡된 현실에 대해 비판과 저항을 수행하는지 살펴볼 것이다.

2. 왜곡된 현실에 대한 비판과 저항

신경림의 후기 시의 변화 중 하나가 집단에서 개인, 우리에서 나로의 전환이다.

다시 말해 후기 시는 여전히 진보적 이상을 지향하면서, 거시 담론의 큰 물결에 휩쓸려 미처 보지 못했던 주변적인 소재, 소소한 일상의 관찰을 통한 성찰과 내면 탐구로 전환된 것이라 할 수 있다. 그런데도 이전의 작품들을 관통하던 진보적 지식인으로서의 비판적 시선은 여전히 유지된다. 즉 여전히 문명, 민족과 국가의 차원에서 문제의식이 표출되며 나를 이야기할 때조차 우리의 관점을 도입하여 관조(觀照)와 성찰의 거점으로 삼는다.

이와 관련하여 1970년대 초에 형성된 신경림의 '지식인론'을 상고할 필요가 있겠다. 신경림은 "(참된) 지식인은 민중 속에 서 있어야 한다. 민중 속에서 그들의 목소리로 얘기하고 노래해야 한다. (…) 지식인의 지식은 자기의 영달이나 출세를 위해서가 아니라 민중의 문화적 및 경제적 발전 향상을 위하여 활용되어야 한다. 지식인이란 결코 독립된 계층일 수 없다."라고 말한 바 있다. 이 같은 신경림의 지식인론은 민중론과 결부된다. 신경림이 어느 좌담에서 "슬프고 억울하고 짓밟힌 사람들 편에 서서 시를 쓰겠다."라고 작정하게 된 동기에 관한 질문과 답변에서도 잘 나타나고 있다. 다시 말하면, 지식인으로서의 정체성과 자의식은 민중과 어울리는 일에서만 정당성을 획득할 수 있다고 생각했으며, 그런 맥락에서 우리에서 나로의 전환은 중기 시의 배경을 이루고 있던 민중론의 맥을 후기 시에서도 어느 정도 유지되고 있다고 정리할 수 있겠다.

이 절에서는 앞서 '진보적 이상에 대한 회고와 반성'의 관점에서 발표되었던 작품이 거시적 집단을 대상으로 삼았던 것과 달리 미시 담론으로 개인과 이웃 차원의 '왜곡된 현실에 대한 저항과 비판'이 두드러진 작품들을 살펴보고자 한다.

(1) '나' 혹은 '우리'를 향한 비판

이 계열의 작품들을 살펴보면 신경림의 시적 자아는 매서울 정도의 직설적인 화법으로 왜곡된 현실의 문제를 지적한다. 비판의 직접성과 선명함으로 보자면 시적 자아의 목소리가 두드러진 유형의 작품들이라고 할 수 있다. 예를 들어 시 「진드기」는 음습한 곳에 기생하여 안일하게 살아가는 진드기 같은 사람들을 향해 비판적인 언어가 직설적으로 드러나고 있다.

지금 우리는 너무
쉽게 살아가고 있는 것은 아닌가.
너무 편하게만 살려고 드는 것은 아닌가.
우리가 먹고 자고 딩구는 이 자리가
몸까지 **뼛**속까지 썩고 병들게 하는
시궁창인 걸 모르지 않으면서도,
짐짓 따스하고 편안하게 느껴지는 이 자리가
암캐의 겨드랑이나 돼지의
사타구니일지도 모른다고 생각하면서도,

음습한 그곳에 끼고 박힌 진드기처럼
털과 살갗의 따스함과 부드러움에 길들여져
우리는 그날그날을 너무 쉽게
살아가고 있는 것은 아닌가.
시큼한 냄새와 떫은맛에 취해
너무 편하게 살려고만 드는 것은 아닌가.
암캐나 돼지가 타 죽는 날
활활 타는 큰 불길 속에 던져져
함께 타 죽으리라고는 생각도 못 하고서.

- 「진드기」 전문

위의 시 「진드기」는 시집 『쓰러진 자의 꿈』(1993)에 실려 있다. 시적 자아는 현실이 주는 물질적 안락함에 취해 쉽고 편하게만 살아가고자 하는 현대인들을 어떤 시선으로 바라보고 있는지 쉽게 알 수 있다. 쉽고 편하게 살아가려는 태도는 당장에는 따스하고 편안하게 느껴지지만 실제로는 "몸까지 뼛속까지 썩고 병들게 하는/시궁창"으로 향하고 있다는 준엄한 경고이기도 하다. 주목할 것은 이 시의 시적 자아가 자신을 나로 구분하여 분리된 인식을 드러내는 것이 아니라 우리라는 인칭대명사 안에 포함해 드러내고 있다는 점이다. 즉 시적 화자는 자신이 비판하는 이 왜곡된 현실의 바깥에 자신이 특별한 위치에 존재한다고 여기는 것이 아니라 자신 또한 비판의 대상임을 알고 있는 상태에서 우리의 삶의 방식에 대한 회의와 비판적인 사유를 담아내고 있다. 결국 "우리는 그날그날을 너무 쉽게/살아가고 있는 것은 아닌가."라는 질문은 자신을 포함한 우리 모두 고민해 봐야 할 문제이고, 우리를 향한 질문이 되는 셈이다. 여기서 시적 자아는 지식인으로, 이런 사회가 된 책임을 온전히 타인이나 사회에 전가하지 않고 우리가 함께 진지하게 고민해야 할 문제로 제시하고 있다는 점이다.

이렇게 보면 3장 1절에서 진보적 이상이 사라진 시대에 회한의 어조로 노래하던 작품과는 다르게, 시적 정신의 치열함이 신경림의 후기 시에도 여전히 드러나고 있음을 확인할 수 있다. 즉, 시인은 '진보주의자들이 열망하던 세상에 대한 빠른 망각과 청산의 시도가 너무 위태롭지 않은가'라는 질문을 던지고 있다고 해도 과언이 아닐 것이다. 즉, 고백과 회한의 어조 이외에도 이처럼 신경림의 후기 시에는 우리를 향한 준열한 비판적 어조가 살아 있는 것이다.

시적 자아가 자신(혹은 우리)이 차지하고 있는 이 자리가 마냥 좋은 곳만은 아니라는 사실을 인식하고 있고, 뿐만 아니라 "이 자리"가 결국에는 자기 몸을 썩고 병들게 할 "시궁창"이라는 사실 또한 분명하게 인식하고 있다면, 과연 "이 자리"란 어디인가? 이념이 사라진 빈자리에 빠르게 자리한 신자유주의라는 거대 자본에 교묘하게 가려진 왜곡된 현실을 의미한다. 1990년대 이후, 한국 사회의 빠른 변화는 거꾸러뜨려야 할 적이 선명하던 1970, 80년대보다 달리 훨씬 교묘해져서 보이지 않는 적과 싸워야 하는 시대로 진입했다고 설명할 수 있을 것이다.

이러한 상황에서 시적 자아는 결국에는 우리가 "불길 속에서 함께 타 죽고 말 것"이라는 극단적인 결말을 예견하면서 준엄한 경고의 목소리를 서슴지 않는다. 중요한 것은 시적 자아가 이러한 결말에서 자신도 예외가 아님을 드러내면서도 우리 안에서 일정 정도 거리를 두었기 때문에 이런 방법으로 성찰을 수행하고, 또 선구적인 목소리도 낼 수 있다는 점이다. 그래서 진드기처럼 불에 함께 '불타 죽게 될' 처지에 있는 우리의 현재 상황을 직설적인 어조로 경고할 수 있는 것이다. 이 시는 우리가 현재를 인식하고, 주체적인 삶을 살아가기를 기원하는 '지식인 혹은 선구자'의 소망이 반영된 작품이라고 할 수 있다. 물론 이 같은 직설적인 화법이 신경림의 후기 시에서 주류를 이루는 것은 아니다.

신경림의 선구적 시선은 인류를 향하며, '우리'의 목소리로 지구의 멸망을 경고한다.

바닥을 모를 탐욕이, 천지에 두려움을 모르는 오만이, 이 세상에 오로지 나뿐이라는 무지가,
우리의 눈을 멀게 하고, 귀를 어둡게 하고, 코와 혀와 살갗을 무디게 만들어,

마침내 우리는
새와 짐승과 벌레도 다 느끼고 알아듣는 하늘의 노호와 땅의 울음과 바다의 몸부림을

전혀 알아채지 못하고 말았으니,

어찌 허망하지 않은가,
쥐라기 백악기의 공룡도 멸종 직전 만물의 영장을 자처하며 "Cogito, ergo sum.
Cogito ergo sum."하고 기고만장했을 터이니.

어쩌면 우주에는 지구와 같은 사람이 사는 별이 몇만 개 몇십만 개 몇백만 개가 더 있
어,
지진해일 같은 천재지변도 이곳저곳에서 매일 같이 일어나는 한갓 작은 흔들림에 지나
지 않을는지는 모르겠으니.

* 데카르트의 명제, '나는 생각한다, 고로 나는 존재한다'

- 「Cogito, ergo sum*」 전문

이 시는 시집 『낙타』(2008)에 실린 시로, 오만에 사로잡힌 인류를 향해 멸망을
경고한다. 시의 제목이자 주제어인 데카르트의 저 유명한 철학 명제 "Cogito,
ergo sum(코기토 에르고 숨; 나는 생각한다, 고로 나는 존재한다)"은 라틴어이
다. 데카르트는 원래 프랑스어로 말했지만 근세 철학과 중세 철학과의 변별을 강
조하기 위해 라틴어 표현을 더 일반적으로 사용해 왔다. 데카르트는 내가 생각하
고 있다는 것만이 진실이기에 그 생각으로 나는 존재한다고 했다. 인류는 신(神)
중심의 중세에서 벗어나 인간 중심의 이성적인 사고 결과로 찬란한 첨단 과학 문
명을 꽃피우게 되었다. 시에서 '만물의 영장'을 자처하는 인류가 마침내 오만에
빠졌다고 진단하고 있다.
1연은 극단에 이른 인류의 오만을 보여준다. 첫 구절 "바닥을 모를 탐욕이, 천

지에 두려움을 모르는 오만이, 이 세상에 오로지 나뿐이라는 무지가,"는 인류가 이성 철학으로 빚어낸 과학적 판단이 절대 진리라는 오만에 사로잡힌 오늘의 인류 모습을 보여준다. 시적 자아는 이를 "무지"로 보았다. 데카르트의 차가운 이성은 인간과 자연을 분리하게 시켰고, 이는 다른 문명을 정복하고 파괴하는 논리로 변질되어 인류 역사는 전쟁과 테러로 얼룩지고 말았다.

2연은 인류가 오만에 빠진 결과다. "새와 짐승과 벌레도 다 느끼고 알아듣는 하늘의 노호와 땅의 울음과 바다의 몸부림을 전혀 알아채지 못하고 말았으니,"라고 하여 인류의 극단적인 오만은 생태계의 모든 생물을 감지하지 못하고 자연의 이치도 알아채지 못하는 무지 상태에 이른다고 한다. 곧 "우리의 눈을 멀게 하고, 귀를 어둡게 하고, 코와 혀와 살갗을 무디게 만들어."라고 하여 인류의 자아 도취가 극에 이른 현실을 비판하고 있다. 이는 앞의 시 진드기의 안일한 도취를 연상케 한다.

3연은 지구 종말에 대한 한탄이다. "어찌 허망하지 않은가./쥐라기 백악기의 공룡도 멸종 직전 만물의 영장을 자처하며"Cogito, ergo sum. Cogito ergo sum." 하고 기고만장했을 터이니." 시적 자아는 2억 년 전 중생대 공룡 멸종사를 환기하면서, 마지막 멸망의 순간까지 스스로 만물의 영장이라며 "Cogito, ergo sum."을 외친다.

4연은 (우리) 인류가 자연 앞에 겸허해야 할 이유를 제시한다. "어쩌면 우주에는 지구와 같은 사람이 사는 별이 몇만 개 몇십만 개 몇백만 개가 더 있어," 그리고 "지진 해일 같은 천재지변도 이곳저곳에서 매일 같이 일어나는 한낱 작은 흔들림에 지나지 않을는지는 모르겠으니."라고 하여 수 억 년의 시간, 수많은 은하계의 공간으로 보면 지구의 멸망도 한낱 작은 변화에 지나지 않는다는 것이다.

이렇게, 선구자적 시적 자아는 오만에 빠진 인류를 향해 '우리'의 자세로 나지

막이 지구의 종말을 경고한다.

　다음 시는 눈앞에 펼쳐지는 세태를 풍자적으로 들려준다.


　　내가 사는 나라는 너무 넓어서

　　쌀수입개방 반대 전단을 뿌리는 젊은이들

　　그 앞에 맥도날드 가게가 줄이어 섰고

　　그 안의 공원은 더욱 넓어서

　　무료급식소에서 점심을 때운 늙은이들

　　소말리아의 굶어 죽는 아이들과

　　크로아티아의 전쟁 얘기에 침방울 튀기면

　　한 쌍의 젊은이 대낮의 사랑에 더욱 취하고

　　가난은 부끄러운 것 가난은 부도덕한 것

　　서로 야윈 손바닥을 뒤집어 보이면

　　배고픔도 헐벗음도 없어진 지 오래여서

　　누더기는 달콤한 현수막으로 가려지고

　　신음은 화려한 노래에 묻히면서

　　내가 사는 나라는 하늘도 가없이 넓어서

　　멀리서 가까이서 눈송이 날리며

　　참과 거짓을 한꺼번에 덮어버리고

　　얼룩덜룩 서투른 분칠로 묻어버리고


　－「내가 사는 나라는」 전문


　인용 시는 1990년대 한국의 정치 사회 현실을 가감 없이 보여준다. 1990년대
는 농산물 시장개방의 서막을 알림과 동시에 농업구조 개편이 진행된 시기이다.

1991년 농어촌 구조개선 대책을 시작으로, 신농정 5개년 계획 등 농산물 개방에 대응키 위한 농업 구조개편 및 경쟁력 강화 방안이 제시됐다. 그러나 우루과이라운드(UR) 협상 타결로 국내 농업이 격랑 속에 빠져들었던 시기였다. 1993년 12월 15일, 제네바에서 UR은 협상이 타결되었고, 1995년에 발효됐다. 이로써 최소시장 접근 방식으로 개방된 쌀을 제외하고, 거의 모든 농수축산물에서 관세화에 의한 시장개방이 전면적으로 이뤄졌다. 당시 농민단체 등에서는 협상 장소인 제네바까지 가 삭발 시위를 하는 등 강력하게 반발했지만, 농산물 개방이라는 거대한 파고를 막지는 못했다. 또 우루과이라운드(UR) 협상과 함께 1995년 1월 세계무역기구(WTO)가 출범하면서, 국내 농어촌은 격랑 속으로 빠져들던 시기이기도 했다.

인용 시의 "쌀수입 개방 반대 전단을 뿌리는 젊은이들"은 이러한 현실적 배경에서 등장한 것이다. 1990년대는 한쪽에서는 "무료 급식소에서 점심을 때운 늙은이들"이 보이고, "소말리아의 굶어 죽어가는 아이들"과 "크로아티아의 전쟁 얘기"가 오고 가는 동시에 새롭게 등장한 거대 자본의 상징으로 "맥도날드 가게"에 젊은이들이 줄을 지어 서 있으며, "(서민의) 신음은 화려한 노래에 묻히는 곳"이기이기도 하다. 우리의 물질적인 풍요가 산업화와 함께 빠르게 얻어진 것이지만 그것이 도덕적, 윤리적인 기반을 함께 갖추면서 얻어진 것이라고 말하기는 어렵다. 이런 상황에서 가난한 사람들의 비참한 삶은 사라진 것이 아니라 시야에서 보이지 않게 된 것일 뿐이며, 시적 자아는 이런 세태를 회의적인 시선으로 "내가 사는 나라"의 모습을 그려 보인다. 그래서 시적 자아의 비아냥거림 "내가 사는 나라는 너무 넓어서" "그 안의 공원은 더욱 넓어서" "배고픔도 헐벗음도 없어진 지 오래여서" "내가 사는 나라는 하늘도 가없이 넓어서"라고 비꼬는 말이 스스럼없이 나온다. 이 시가 풍자적인 이유이다.

이렇게, 시적 자아의 눈에 신자유주의를 기반에 둔 천박한 자본주의 현실은 결코 긍정적이지도, 희망적이지도 않다. 시인이 살아온 과거 시절의 가난은 기층 민중의 피할 수 없는 현실로 인식되었지만, 이제 신자유주의 체제에서는 "가난은 부끄러운 것, 가난은 부도덕한 것"으로 매도되며, 가난한 것이 서러운 일에 그치지 않고 무능력의 상징으로, 심지어 도덕적 손가락질 대상이 되어버렸다. 시인은 바로 이런 왜곡된 현실 세태를 향해 비판을 수행한다. "내가 사는 나라는 하늘도 가없이 넓어서/멀리서 가까이서 눈송이 날리며/참과 거짓을 한꺼번에 덮어버리고/얼룩덜룩 서투른 분칠로 묻어버리는" 허장성세(虛張聲勢)의 세상이 되었다고 세태를 비판하는 것이다. 이러한 비판의 어조 안에는 '진보적 이상'을 잊고 살아가는 사람들을 향한 반성과 윤리적인 비판의 목소리가 포함되어 있다고 보아야 할 것이다.

다음 시 역시 비판적인 어조로 왜곡된 현실을 엄중하게 비판하고 있다.


새 천 년이 된들 무엇이 나아지랴
더 강력하고 더 무자비해진 차바퀴에
더 많이 더 빨리 깔려 죽겠지
사람들은 말하겠지
너희들 진한 땀과 피가 아니었던들
어찌 이 세상이 이만큼 만들어졌겠느냐고
여름 내내 그늘에서 노래로 즐긴 베짱이들이
너희들의 문전을 찾아 구걸하는 그림이 찍힌
낡은 교과서를 뒤적이면서

- 「개미를 보며」 전문

개미와 베짱이 우화를 일부 빌린 풍자시이다. 이 시는 자본주의의 횡포에 곤궁한 삶의 굴레에서 벗어나지 못하는 소시민의 비참한 삶을 개미와 겹쳐놓으며 역시 직설적인 어조로 비판한다. 개미로 비유되는 소시민의 노동을 통해 거대 자본을 축적한 베짱이들은 "너희들 진한 땀과 피가 아니었던들/어찌 이 세상이 이만큼 만들어졌겠느냐고" 마치 노동자, 농민을 역사의 주체인 것처럼 떠받들고 있지만, 사실은 말뿐으로, 실질적으로 베짱이들은 그러한 번지르르한 말들이 "낡은 교과서"에나 실렸던 옛적의 우화에 지나지 않음을 잘 알고 있다. 그러나 시가 주는 메시지는 직설적이다. "새 천 년이 된들 무엇이 나아지랴/더 강력하고 더 무자비해진 차바퀴에/더 많이 더 빨리 깔려 죽겠지"라는 구절을 보면 시적 자아는 새천년이 도래해도 소시민의 삶이 절대로 달라지지 않는다는 비관적인 전망이 확고하다. 화려하게 발전해 가는 사회와는 별개로 열심히 일하는 개미들의 삶은 더욱 궁핍해질 수밖에 없으리라는 비관적인 인식이 우화적으로 전달되고 있다.

이처럼 신자유주의의 왜곡된 현실에 대한 비판은 거대 자본주의적 왜곡된 일상의 모습에 제한되는 것이 아니라 생태계가 파괴되는 현실을 일깨우기도 한다. 유기체 시론은 1930년대를 기점으로 우리나라에 소개되어 이후로도 오랫동안 영향을 끼친 문학 이론 중 하나이다. 유기체 시론은 단지 근대 시론에 머물지 않고 탈근대성을 지닌 동양적 시론이라는 점에서 중요성을 지닌다. 현대 시에서 유기체 시론과 연관되는 생태 시, 생태 문학, 생명공동체라는 말이 익숙하게 사용된 것은 1990년대 중반 이후다. 하지만 2000년대 들어서면서부터 생태계에 대한 관심이 유행처럼 나타났다가 흘러가 버렸고, 생명공동체에 대한 시는 깊이 뿌리 내리지 못했다. 이런 흐름 속에서 신경림은 인간 문명에 의해 자연 생태계가 어떻게 파괴되는지 관심을 기울이고 있다.

기름과 폐수로 거멓게 변색된 모래밭에
고기떼가 허옇게 배를 내놓고 널브러져 있다
이른 아침부터 풀들이 거무죽죽 죽어가고
빨래하는 아낙네도 고기 잡는 늙은이도 없다
동력선 한 척이 유령선처럼 강 복판에 떠 있다
오광대가 덧뵈기춤으로 신명을 돋우었다는
옛 장터에는 올해도 복사꽃이 피지 않았다


등뼈 굽은 잉어를 낳는 꿈에서 놀라 깬
가겟집 맏며느리가 수돗가에서 구역질을 한다
봄날이라 강 안개는 꾸역꾸역 기어 올라와
죽음의 잿빛 한 색깔로 마을에 칠한다


* 밤마리는 경남 합천군 덕곡면 을지리의 옛 마을 이름. 통영 오광대놀이의 발상지로
알려져 있다.
    -「낙동강 *밤마리 나루」전문


　시적 자아는 민초들의 억센 생명력이 담긴 전통 연희(演戱) 통영 오광대놀이 발
상지로 알려진 밤마리 나루에서 파괴되어 가는 생태계 현장을 보며 감회에 젖는
다.『쓰러진 자의 꿈』(1993)에 실린 이 작품에서 시적 자아는 과거의 영화는 모
두 지워지고 오직 생태계가 파괴된 비극적 현장을 보여주고 있다. "(눈앞에 펼쳐
진) 기름과 폐수로 거멓게 변색된 모래밭" 그리고 "고기떼가 허옇게 배를 내놓고
널브러져 있고". "등뼈 굽은 잉어"만이 남아 있는 장면들은 생태계 파괴의 구체
적인 모습들이다. 이런 생태계 파괴의 결과에 대해 시적 자아는 앞선 작품들에서

처럼 직설적인 언어로 고발하지는 않지만, 황폐해지는 낙동강의 풍경을 차분하게 가감 없이 보여주고, '헛구역질하는 맏며느리'의 모습을 그려냄으로써 재생산의 가능성이 단절되고 생명 대신 파괴의 기운만이 가득한 참상을 보여줌으로써 생태계 파괴의 파멸적인 결과를 경고하고 있다.

이렇게, 현실을 향한 직설적 비판의 어조가 생태계 파괴의 현장에서 어김없이 적용되는 사실을 확인했다.

다음 시는 환경파괴의 현장을 구체적으로 제시하고 있는데, 경고가 더 직설적이다.

봄이 되어도 꽃이 붉지를 않고
비를 맞고도 풀이 싱싱하지를 않다.
(…)
농약으로 얼룩진 상추에 병든 돼지고기를 싸고 있다.
한낮인데도 사방은 저녁 어스름처럼 어둡고
골목에는 고추잠자리 한 마리 없다.
바람에서도 화약 냄새가 난다.
종소리에서도 가스 냄새가 난다.

왜 이렇게 되었는가, 언제부터 이렇게 되었는가.
꽃과 노래와 춤으로 덮였던 내 땅
햇빛과 이슬로 찬란했던 내 나라가
언제부터 죽음의 고장으로 바뀌었는가.
번쩍이며 흐르던 강물이 시커멓게 썩어
스스로 부끄러워 몸을 비틀고
입술을 대면 꿈틀대며 일어서던 흙이

몸 가득 안은 죽음과 병을 숨기느라
웅크리고 도사리고 쩔쩔매게 되었는가.


우리는 너무 허둥대지 않았는가.
잘살아 보겠다고 너무 서두르지 않았는가.
이웃과 형제를 속이고 짓밟고라도
잘살아보겠다고 너무 발버둥 치지 않았는가.
(…)


우리는 안다. 썩어가고 있는 곳이
내 나라만이 아니라는 것을.
죽어가고 있는 것이 내 땅만이 아니라는 것을.
저 시베리아의 얼음벌판에 내리는 눈에도
사람의 눈을 멀게 하는 산이 섞여 있고
아프리카 깊은 원시림 외진 강에서도
눈이 하나뿐인 고기가 잡힌다는 것을.
(…)


그러나 그곳도 이미 좋았던 시절의 얘기다.
지금 지구는 언제 폭발해 저 자신을
잿더미로 만들지 모를 핵으로 가득 차 있다.
핵은 우리들 모두의 머리 위에서
우리들의 발밑에서, 우리들의 등 뒤에서,
죽음의 입김을 서서히 내 뿜으면서
그 음험한 눈으로 우리를 노리고 있다.

(⋯)

이제 이 땅은 썩어만 가고 있는 것이 아니다.
이제 이 지구는 죽어만 가고 있는 것이 아니다.
내 땅 내 나라, 아니 온 세계가 이제
단숨에 흔적도 없이 날아가 버릴
마침내 그 벼랑에까지 와 서 있다.

  -「이제 이 땅은 썩어만 가고 있는 것이 아니다」부분


　선명한 고발과 계몽의 목적이 동시에 드러나는 이 시는 7연, 78행의 장시(長詩)로, 1998년에 출간된『어머니와 할머니의 실루엣』에 실려 있다. 위기에 처한 지구를 의인화하여 우리의 눈앞에 펼쳐진 환경오염의 구체적인 사례를 생생하게 보여주고, 환경파괴의 심각성과 위험성을 제시할 뿐만 아니라, 나아가 핵 개발로 인해 지구 멸망의 위기를 강조하는 인류애의 차원으로 확장되고 있다.
　이 시 전체의 내용 구성을 보면 1연은 환경오염으로 황폐해진 우리 땅의 모습을, 2연은 환경오염에 대한 문제를 직설 언어로 경고하고 있다. 3연은 쓰레기와 오물이 가득한 이 땅의 모습을, 4연은 환경오염의 원인과 이에 대한 우리의 성찰을 촉구한다. 5연은 전 지구적으로 확산하는 환경오염의 실태를, 6연은 생태계가 파괴된 지구의 현재 모습을, 7연은 인류에게 새로운 위기로 대두된 핵 문제를, 8연은 지구 멸망의 위기에 처해 있는 인류의 비극적인 모습을 구체적으로 제시하고 있다.
　인용된 시에서는 "등 굽은 고기", "농약으로 얼룩진 상추"와 "병든 돼지고기"를 통해 사람들이 오염된 환경에 직접 노출된 현실을 가감 없이 보여주고 있다.

또, "바람에서도 화약 냄새가 난다"와 "종소리에서도 가스 냄새가 난다"와 같은 시 구절을 통해 전쟁과 기계 문명이 환경파괴의 원인임을 역설하고 있다. "기침하며 농약으로 얼룩진 상추에 병든 돼지고기를 싸 먹는 노인들"의 모습은 환경오염으로 병들어 가는 인류의 비참한 현실을 선명하게 보여주는 장면이다. 시적 자아는 환경오염의 원인을 '경제적 성장만을 추구하는 인간들의 이기적인 욕심'이라고 직설한다. 이에 대한 구체적인 예로, 다른 나라에서는 위험한 물질로 분류되어 사용하지 않는 것들까지 경제적으로 이익이 된다는 이유만으로 들여와 환경을 파괴하는 일을 고발하며, 이는 어느 한 개인의 문제가 아닌 나라 전체의 문제임을 역설하고 있다. 이는 한강의 기적이라는 유례없는 경제성장의 뒤에는 환경오염과 국토의 파괴라는 짙은 그늘이 숨어 있음을 고발하는 것이다.

시적 화자는 세계로 눈을 돌려"저 멀리 시베리아에서도 산성 눈이 내리며", "아프리카의 깊은 원시림에서도 환경오염으로 탄생한 돌연변이의 물고기가 잡히는" 현실을 고발한다. 즉, "이제 이 땅은 썩어만 가고 있는 것이 아니다"라는 말의 의미는 인류의 생존 문제가 벼랑 끝에 서 있다고 말함으로써, 핵으로 인한 지구의 멸망까지 이어질 수 있음을 경고한다. 여기서 "우리는 너무 허둥대지 않았는가/잘살아보겠다고 너무 서두르지 않았는가"라는 직설적인 비판을 주목할 필요가 있다.

신경림은 현실에 대한 직설적 비판을 수행하면서 이를 공동체에 속하는 우리의 문제로 자연스럽게 전환된다. 이는 시인의 '유기체적 세계관'을 보여주는 것으로, 사소하게 보이는 작은 사물들, 전혀 상관없이 보이는 파편화된 풍경들이 생태 위기, 더 나아가 인류 문명 위기의 징후이며, 이 모든 것이 유기적으로 연결된 것으로 보고 있다는 점이다.

생태 문학은 세 가지 유형으로 나뉘는데, 첫 번째 유형은 생태 위기의 현장을 충격적으로 재현하여 다양하고 구체적인 사례로 생태계가 파괴된 모습을 생생하게 전달한다. 두 번째 유형은 독자에게 생태학적인 인식을 제시한다. 화자는 자신이 인식한 생태학적 의식의 다양한 면모를 재현하면서, 이러한 인식을 독자에게 직설적으로 전달하려고 노력한다. 하지만 위의 두 유형은 시적 자아의 목소리가 강하게 나타나고, 사례가 정격화되기 때문에 독자의 감동을 끌어내는 데 한계가 있다. 세 번째 유형은 생태학적 자각의 계기가 되는 정황을 재현하는 방법이다. 화자의 목소리를 강하게 내세우는 대신, 문학적 형상화를 통해 독자에게 간접적으로 감동적인 정서를 끌어낸다. 이 유형은 생경한 목소리로 시상을 전개하지 않고 독자에게 정서적으로 감동을 전해주는 방법을 통해 우회적으로 생태학적 자각을 유도하기 때문에 독자도 자연스럽게 참여할 수 있다.

신경림의 생태 시는 첫 번째와 두 번째 유형이 뒤섞여 나타난다고 볼 수 있다. 그 이유는, 환경오염으로 인하여 생태계 파괴 현장의 모습이 생생하게 드러나고 있으며, 환경오염의 원인과 핵 개발 등에 대한 위험성을 독자에게 직접 전달하고 있기 때문이다.

이렇게, 왜곡된 현실에 대한 비판이라는 차원에서, 무엇보다도 이명박 정권 시절의 '4대강 사업'에 대한 직설적인 비판의 시를 빼놓을 수 없다.


백성이 낸 세금으로 오히려 나라가 나서서
강을 파헤치고 산을 허물고 있으니
나라는 망해도 산하는 남는다*는 옛 시구절은
이제 허사가 되었다.

불도저가 파헤치고 있는 것이
강바닥이 아니라 제 심장이라는,

다이너마이트가 무너뜨리고 있는 것이
바위너설이 아니라 제 팔다리라는,
오랜 촌로들의 항의 따위 한낱
힘없는 넋두리로만 들리는 강마을은 서럽다.

댐 공사를 반대하는 시위를 마치고
민물생선집에 모여 밥과 술을 먹는 우리는
모두 서울서 온 뜨내기들이다.
너희들이 여기서 살아보았느냐고 대드는
팔 하나가 없는 중년 앞에서 머쓱해 있다가
상에 나온 민물고기를 놓고
우스개를 주고받는다.

발파 소리도 불도저 소리도 그친 옛 나루에 비가 온다.
시위도 끝난 옛 나루에, 나룻배 대신 관광차가
줄지어 서 있는 옛 나루에
모두를 비웃듯 추적추적 철적은
비가 온다.

\* 두보의 시 춘망(春望)의 첫 구절 '국파산하재(國破山河在)'에서 따왔음.

-「옛 나루에 비가 온다」전문

이 시는 『사진관집 이층』(2014)에 실린 시다.
4대강 사업은 2008년 12월 29일 낙동강 지구 착공식을 시작으로 한강, 낙동강, 금강, 영산강 4대강을 준설하고 친환경 보(洑)를 설치해 하천의 저수량을 늘려서 하천 생태계를 복원하겠다는 계획으로 진행되었다. 이에 대한 반대 시위는 당시 여러 진보 시민단체가 연대하여 반대하고 나섰지만 결국 사업은 강행되었다.

시적 자아는 "백성이 낸 세금으로 오히려 나라가 나서서/강을 파헤치고 산을 허물고 있으니/나라는 망해도 산하는 남는다는 옛 시구절은/이제 허사가 되었다."라는 탄식으로 시작하면서, 곧이어 경고한다. 이는 "불도저가 파헤치고 있는 것이/강바닥이 아니라 제 심장이라는" 사실과, "다이너마이트가 무너뜨리고 있는 것이/바위너설이 아니라 제 팔다리라는,"사실이 명백하다고 직설 언어로 설파한다. 그러나 이에 대한 정부의 반응은 "오랜 촌로들의 항의 따위 한낱/힘없는 넋두리로만 들리는"으로 싸늘하기만 하다. 그래서 항의에도 아랑곳없이 강이 파헤쳐지는 강마을 앞에서 진보 단체가 시위에 나서게 된 것이다. 그러나 시적 자아의 눈에는 이마저도 마뜩잖다.

"댐 공사를 반대하는 시위를 마치고/민물생선집에 모여 밥과 술을 먹는 우리는/모두 서울서 온 뜨내기들이다."라는 시 구절이 인상적인 것은 시적 자아를 포함한 '우리'의 존재에 대한 부끄러움을 같이 담고 있기 때문이다. "너희들이 여기서 살아보았느냐고 대드는/팔 하나가 없는 중년 앞에서 머쓱해 있다가/상에 나온 민물고기를 놓고/우스개를 주고받는다."라는 구절에서 알 수 있듯이 현지인의 항의에 진보 단체 운동권의 진정성이 없는 시위 참가자들은 머쓱하여 우스개를 주고받는 것으로 대신하는 것이다. 이는 지난 시대 진보주의자들의 시위에 대한 자성의 의미를 포함하고 있다고 보아야 할 것이다. 여기에서 다시 확인할 수 있는 것은 '우리'에 '나'가 포함되어 있다는 사실이다. 따라서 성찰의 주체는 우리지만 나를 포함한 우리이기에 나의 반성에 따른 슬픈 감회가 계속 이어진다. "발파 소리도 불도저 소리도 그친 옛 나루에 비가 온다./시위도 끝난 옛 나루에, 나룻배 대신 관광차가/줄지어 서 있는 옛 나루에/모두를 비웃듯 추적추적 철적은/비가 온다."에서처럼, 인용 시는 우리의 관점에서 관광 차를 타고 내려온 진정성이 없는 시민 운동에 대한 비판이 포함되었다.

　이렇듯 우리를 향한 직설적 비판은 왜곡된 현실과 연관된 생태 운동의 영역에서도 치열하게 이어지고 있음을 볼 수 있다.


　(2) 외부자의 시선으로 보기


　앞에서, 왜곡된 현실에 대한 비판과 저항이 시를 통해 어떻게 수행되며, 이때의 시적 자아는 자신을 포함한 우리의 관점에서 비판할 때에는 더 직설적이고 선명한 어조가 드러나는 사실을 확인했다. 하지만 시적 자아가 관찰 대상에 포함되지 않고, 시적 대상을 외부자의 시선으로 바라보고 비판할 때는 겸허하며, 나지막한 어조가 된다.

　이렇게, 객관화된 고찰을 위해, 또는 시적 소재의 확장을 위해 해외 기행 시가 많은데, 이는 신경림 후기 시의 특징 중 하나이다.

　신경림 시인의 방랑 기질은 생애사에서 보듯, 아버지가 주막에서 먼 곳에서 오는 사람을 만나 이야기 듣기를 좋아하는 기질을 이어받았으며, 자신은 소년 시절 '장꾼을 따라다닌 방랑기질'에서부터, 1970, 80년대 농민의 삶이나 민요 채취를 위한 기행이 그 연장선에 있는 것이 사실이다. 신경림의 중기 시 시대에 민요 찾기는 문학 강연하기 위해 떠나기도 했지만, 함께 가는 친구가 좋아서, 그냥 사람을 만나고 싶어서 떠나는 예도 많았다. 그의 중기 시 시기의 기행은 사람과 자연이 어우러진 세상을 향한 발걸음이다. 따라서 중기 시 시기에 기행 시는 시인이 시대 현실의 저변, 민중 생활의 심층에 발을 굳게 딛고 있다는 간접증거기도 하다. 그 당시 신경림은 전국 각지에서 모여든 그들의 노래에 심취해 밤을 새운 일도 허다했다. 신경림의 당시 낙은 그들의 노래를 듣는 것이었는데, 이는 고향을 흐르는 남한강의 옛적 뗏목 배에서 뗏목꾼들이 부르던 노래와 삶의 애환이 섞였다는 점에서 본질적으로 같았다. 신경림은 성장해서 지난날을 회고하여 "자신은 그들의 노래를 통해 세상을 더 넓게 바라볼 수 있었다"라고 술회했다. 또 신경림에게 장편 시집 『새재』를 간행하기 위해 답사했던 경상, 충청, 강원 일대의 기행과, 1980년대 중반에 결성한 '민요연구회'를 통한 전국 민요 기행은 그의 시 세계에 큰 비중을 차지할 정도로 의미가 컸다. 그가 결성한 민요연구회의 창립 목적은, 우리 정서의 바탕인 민요를 발굴 계승하여 우리 문화의 한복판에 갖다 놓자는 의도에서 비롯되었다. 그러나 여기서 더 중요한 것은 1980년대 신군부 독재의 정치적 탄압 탓에 철저하게 봉쇄당한 민중 지향적인 문인들에게 공간을 확보해 주자는 데 있었다. 당시에는 사회 비판적인 다수의 진보주의 지식인이 감옥에 갇혀 있었고, 몇 사람만 모여도 법에 저촉되던 엄혹한 시절이었다. 다행히 문화 행사만은 허용되었으니, 진보주의 문인들에게 숨 쉴 공간이 필요했다. 이 같은 의미에서 민요연구회는 한 달에 한 번씩 정기 모임을 통해 갈 곳 없는 동지들이 모여 신나는 놀이판을 벌이는 동시에 실천문학에의 의지를 다지는 자리가 되었다. 이 자리에서 듣는 노래들은 신경림 시인이 어렸을 적부터 장꾼들한테서, 빗장수 · 체장수 아낙네들로부터, 퉁소를 잘 부는 당숙한테서, 또는 남한강 강물 위로 잔잔하게 떠 흐르던 뗏목꾼들한테서 듣던 노래와 본질적으로 같은 것이었다. 다만 앞에 있는 것들이 나를 안으로 끌어들이는 것이었다면 뒤엣것은 나를 앞으로 나아가게 하는 동인(動因)이 되었다고 할 수 있을 것이다. 그렇지만 이 둘은 떨어져 있는 것이 아니라 본질적으로는 같은 것이다.

세계 기행을 통해 시인은 낯선 곳에서 이방인의 눈으로 그들의 삶과 현실을 바라본다. 또한 그들을 통해 내 삶이나 우리의 삶까지 되돌아본다. 후기 시집 중 『어머니와 할머니의 실루엣』(1998)부터는 이전 시집에 없던 5부를 신설하여 중국 연변 지역과 일본 여행 시 15편을 싣고 있다. 『뿔』(2002)에서 10편, 『낙타』(2008)에서는 4, 5부에 22편을 싣고 있다. 『사진관집 이층』(2014)에 오면 3, 4부에 25편을 실어서 가장 많은 해외 기행 시를 싣고 있다. 신경림의 후기 시집 5권에 실린 287편의 시 중 72편이 해외 기행시라는 점도 중요한 특징이라고 할 만하다. 여행지로는 북한을 비롯해 일본, 중국으로부터 동남아, 몽골과 네팔 등 유라시아 제 국가, 유럽 대륙, 미국 등 아메리카 대륙으로 여행지가 세계 전 대륙으로 확장되어 간 사실을 알 수 있다.

후기 시에서 신경림의 기행, 표박 성은 중기 시와 다른 의미로 나타난다. 그는 특별한 일이 없을 땐 평소처럼 아침마다 집을 나서 길 위에서 "얼굴만 봐도 흥겨운 사람들"을 만난다. 그들은 길 위 어디서나 볼 수 있는 평범한 사람들이다. 그런데 1990년대에 이르면서 발목을 잡던 해외 출국의 족쇄가 풀려 길의 외연을 넓혀 해외 기행도 자유롭게 나가게 되었다.

해외 기행에서 시인은 시의 소중한 진리와 가치를 대면하게 되는데 그것은 다름 아닌, 급변하는 디지털 시대와 지구촌 여행 시대에도 시의 느림과 방언적 요소는 결코 버릴 수 없는 본질이라는 깨달음이다. 이러한 깨달음 통해서 시인은 사람마다 지닌 정서적 동일성을 확인한다. 이런 동일성은 끝없는 내적 탐구의 대상인 자신과 부모, 소외된 이웃과 민족, 그리고 다른 민족 간에 형성되는 인류애적인 친화의 확장을 가져오게 된다. 신경림 시는 해외 기행에 따른 외연 확장으로 시적 소재가 풍부해지고, 인간과 자연을 더 객관적으로 보게 되면서 한층 더 심화된 시 세계를 보여준다.

하늘 반쪽은 시커먼 먹구름이 덮었고
나머지 반쪽은 쪽빛으로 개었다
거리 반쪽엔 소낙비가 쏟아지고
다른 반쪽은 금빛 햇살 아래 눈이 부시다

멀리 나무 없는 산언덕이
새파랗게 옷을 바꿔 입기 시작하는 늦가을

대형 서점 앞에 젊은 거지가
담요를 뒤집어쓰고 앉아 있고
아랑곳없이 그 옆에서 젊은이 둘이
서로 몸을 더듬느라 정신이 없다

바짝 야윈 동양 학생이 둘
그 옆에는 덩치가 배가 넘는 백인 학생이 또 두엇
그리고 눈만 하얗게 빛나는 흑인 처녀 셋이
잔디밭에 빙 둘러앉아 열띤 토론이 한창인
이곳은 샌프란시스코
가장 많은 사람들이
세계에서 가장 살고 싶은 도시로 꼽았다는

게이들만의 거리 한복판 게이들만을 위한 극장의
이제 막 켜지기 시작하는 불빛이
유난히 밝다

- 「가장 살고 싶은 도시로 꼽았다는-샌프란시스코에서」 전문

시적 자아는 세계의 많은 사람들이 '가장 살고 싶은 도시로 꼽았다는 샌프란시스코' 기행에서 외부자의 시선으로 다양한 풍정(風情)을 관찰하고 있다. 이 이국의 무대에서 벌어지는 광경이 제각각이고, 행동도 자유롭고 다양하다는 점이 특징이다. "젊은 거지가/담요를 뒤집어쓰고 앉아 있고/아랑곳없이 그 옆에서 젊은이 둘이/서로 몸을 더듬느라 정신이 없다"라는 시 구절을 보면 남의 눈을 전혀 의식하지 않는 자유로운 애정 표현과 대조를 이루며, 젊은 거지가 담요를 쓰고 앉은 모습이 외부자인 시적 자아의 눈에 이채롭게 포착된다. 가장 살고 싶은 도시에 젊은 거지가 보인다는 것도 자본주의의 모순을 극명하게 보여주는 대목이기도 하지만, 그것과는 아랑곳없이 애정 행각을 벌이는 젊은 커플의 행동은 개인의 자유와 자본주의적 모순의 풍경이 자연스럽게 공존하는 현실 풍경을 보여준다. 또한 "바짝 야윈 동양 학생이 둘/그 옆에는 덩치가 배가 넘는 백인 학생이 또 두엇/그리고 눈만 하얗게 빛나는 흑인 처녀 셋이/잔디밭에 빙 둘러앉아서 열띤 토론이 한창인/이곳은 샌프란시스코"라는 구절은 다양한 인종이 평등하게 어울려 토론을 주고받는 도시가 바로 샌프란시스코임을 보여주며, 이어서 "게이들만의 거리 한복판 게이들만을 위한 극장의 이제 막 켜지기 시작하는 불빛이/유난히 밝은" 현실을 통해 인종뿐만 아니라 성소수자를 위한 거리가 있을 정도로 샌프란시스코가 외부자의 눈에는 마냥 이질적이기만 하다. 또 이런 이질적인 풍경이 아무런 위계의 구분 없이 평등하게 어울리는 풍경을 외부자의 객관적인 시선으로 가감 없이 보여준다. 그러나 이 작품에서 시적 자아가 샌프란시스코라는 이국의 도시에서 온전히 서구 문화에 대한 찬탄만 하고 있다고 보기는 어렵다. 여기에는 동경과 함께 낮지만 비판적인 어조가 공존한다고 보아야 한다. 시의 첫 구절 "하

늘 반쪽은 시커먼 먹구름이 덮었고/나머지 반쪽은 쪽빛으로 개었다"라는 신자유주의의 빛과 그늘을 은유하며, 따라서 "가장 많은 사람들이/세계에서 가장 살고 싶은 도시로 꼽았다는(샌프란시스코)" 시 구절은 풍자적이고 역설적인 제목이다.

프랑스 포도 명산지 보르도를 여행하고 쓴 다음의 시에서는 이국적 풍경을 외부자의 시선으로 볼 때 시적 자아가 느끼는 정서적 괴리감과 서구 문명에 대한 비판적 시선을 확실하게 확인할 수 있다.


나는 지금 보르도에 와 있다. 프랑스 포도의 주산지.
'시골'이라는 뜻의 이름을 가진 술집에 앉아
뉘어서 3년, 앉혀서 3년, 다시
거꾸로 세워 3년을 묵혔다는 명포도주를 마시며
창밖의 섹스 용품점을 바라보고 있다.
아버지가 가끔 입고 다니던 그
아편쟁이의 속옷 색깔은 어떠했을까.
세계화에 등 떠밀려서 여기까지 와서
가까이 전차 지나가는 소리를 듣는
내 머릿속에 갑자기
아버지가 떠오르는 까닭을 나는 모르겠다.
아버지는 길가 주막에 앉아
지나가는 나그네 잡고 말 붙이는 것이 낙이었다.
그 나그넬 따라 멀리 떠나는 것이 꿈이었으리.
문득 여기 앉아 포도주를 마시는 것이 아버지고
주막집 마루에 앉아 있는 것이 나라는 생각을 한다.
아버지 멀리 떠나오니 행복하세요?
아니다, 이제 나는 그 주막집 마루로 돌아가고 싶다,

그 가난하던 마을로 되돌아가고 싶다.
그렇게 대답하는 것은 나인가, 아버지인가!

세계화는 나를 가난하게 만들고,
세계화는 나를 왜소하게 만들고.

　-「세계화는 나를 가난하게 만들고 - 보르도에서」전문


시적 자아는 지금 프랑스 포도주의 대표적인 명산지인 보르도에서 9년산 고급 포도주를 마시고 앉아 있다. 그냥 포도주가 아니라 "뉘어서 3년, 앉혀서 3년, 다시/거꾸로 세워 3년을 묵혔다는 명포도주를 마시는" 시적 자아는 이미 과도하게 느껴지는 포도주 숙성의 과정을 낮은 톤으로 담담하게 설명하면서 은근히 비판적인 속내를 드러내고 있다. 또한 그렇게 유별난 포도주를 마시며 내다보는 바깥의 풍경에 너무나 태연하게 "섹스 용품점"이 보인다는 사실에 거북함이 느껴진다. 앞선 절에서 우리의 비판 과정이 직설적이고 선명하게 등장했던 것과 달리 일종의 타자이자 외부자로서 선진국이라고 할 수 있는 프랑스의 문화 체험을 바탕으로 이국 문물을 형상화하는 작품에서는 이처럼 낮은 톤의 비판으로 수행된다는 사실을 확인할 수 있다.

여기서 주목할 것은 시적 자아가 서양의 풍요로운 문화 속에서 자기 자신이 왜소하게 느껴지는 순간, 자신의 아버지를 떠올린다는 사실이다. 시인의 옛적 아버지는 "길가 주막집에 눌러앉아 지나가는 나그네를 붙잡고 말 붙이는 것이 낙이었던 사람"이다. 아버지의 그 같은 행동은 새로운 세상에 대한 갈망 때문일 것이다. 아버지는 신경림 자신처럼 늘 멀리 길 떠나는 것이 꿈이었지만 "만년에는 중풍으로 거동이 불편해하다가" 여행 한번 제대로 하지 못하고 세상 떴다. 그런데 시적 자아는 문득 깨닫게 된다. 곧, "여기 앉아 포도주를 마시는 것이 아버지이고, 옛적 주막집 마루에 앉아 있는 것이 나"라는 자각을 하게 되는 것이다. 이런 아버지와 내가 뒤바뀐 상황에서 시적 자아가 아버지를 향해 묻는다. "(이렇게 프랑스로) 멀리 떠나오니 행복하세요?" 아버지의 대답이 바로 돌아온다. "아니다, 이제 나는 (옛적) 그 주막집 마루, 그 가난하던 마을로 되돌아가고 싶다."라고. 한때 시인은 난봉꾼으로 살았던 못난 아버지를 닮지 않겠노라고 다짐하면서 살아왔던 시인이 현재 바깥에서 외부자의 시선이 되자 아버지를 만나게 된다. 지금은 서양의 이국적인 문화와 풍경 앞에서는 주눅이 들어서 자기 자신을 가난하고 초라했던 아버지의 위치에 놓고 있다. 그러면 가난했지만 따뜻했던 '과거 그곳'으로 돌아가고 싶다고 말하는 이는 누구이며, 왜일까. 서구 기준에서 외부에서 온 동양인이 자신의 모습이 초라하게 보일지도 모른다는 자각에서 비롯된 것일 수 있다. 이처럼 '기행 시'라고 부를 만한 계열의 작품에서 시적 자아는 왜곡된 현실을 선도하는 비판적 지식인으로서, 비도덕적이고 나태한 삶을 준열한 꾸짖음으로 일깨울 때와 달리 낮아진 톤으로 서구 문명에 비추어 자기 민낯을 외부의 시선으로 돌아보는 장면을 마주하게 된다. "세계화는 나를 가난하게 만들고,/세계화는 나를 왜소하게 만들고"라는 직설적인 제목을 앞세운 데 비해 시의 본문에 나타나는 비판은 낮은 어조로 수행된다.

세계 패권 국가이자 자본주의의 본산이라고 할 수 있는 미국 프랑스를 방문했을 때와 다르게 몽골을 여행할 때 시적 자아의 태도는 비판이 직설적이다.


조랑말들이 돌아다닌다 탁자와 탁자 사이를
양손에 500cc짜리 맥주잔을 들고서
젖은 풀냄새 마른 흙냄새를 풍기며
조랑말이 돌아다닌다 자본주의의 악취 사이를

맑은 미소로 음흉한 눈길을 차단하면서

날렵한 다리로 춤을 추듯 돌아다닌다

새파란 하늘 작은 풀꽃들을 불러들이며

말떼 양떼까지 친구로 불러들이며

자욱한 소음을 청명한 새울음으로 바꾸면서

조랑말이 돌아다닌다 탁자와 탁자 사이를

탁한 매연을 시원한 흙바람으로 바꾸면서

야크 떼 소 떼까지 휘파람으로 불러들이면서

주점을 온통 새파란 초원으로 바꾸면서

마침내 자본주의의 시큼한 악취까지

향긋하고 상큼한 풀냄새로 바꾸면서

-「조랑말 - 몽골에서」전문


몽골은 동아시아의 내륙국으로, 1992년 공산주의에서 민주주의 체제로 전환했
다. 13세기 칭기즈 칸이 몽골 제국을 건국했으며, 몽골 제국의 제5대 칸인 쿠빌
라이 시절에는 국호를 원으로 개칭했다가, 이후 명나라가 중원을 탈환하게 되어
서 몽골 초원 지대로 물러났다. 이후 1688년 중국 내에 내몽골과 구별하여 외몽
골로 불렸다. 몽골은 1911년 제1차 혁명을 일으켰지만 1920년 철폐되었고, 러시
아의 10월 혁명의 영향을 받아 1921년 제2차 공산주의 혁명에 성공하여 구 소비
에트 사회주의 벨트에 속하게 되었다. 1992년에 가장 먼저 사회주의 체제에서
독립하여 현재의 자유민주주의 국가 형태가 되었다.

몽골 초원을 바라보는 시적 자아의 눈은 다른 나라의 초원을 보는 눈과 다르
다. 시적 자아에게 아름다운 초원 풍경 감상보다는 몽골 초원에서 자본주의 악취

를 맡고 있다. 시의 시작"조랑말들이 양손에 500cc짜리 맥주잔을 들고서 탁자와 탁자 사이를 돌아다닌다"라는 첫 시행이 그렇다. 자연에 가까운 존재인 조랑말이 악취가 나는 자본에 물들었다는 뜻이다. "새파란 하늘 작은 풀꽃들을 불러들이며 /말 떼 양 떼까지 친구로 불러들이며/(오늘의) 자욱한 소음을 청명한 새울음으로 바꾸면서…"이 부분은 몽골 평화로운 대자연과 청명한 새 울음으로, 짐짓 긍정적인 시선으로 희망이 있어 보인다. 그러나 시적 자아의 몽골에 대한 마지막 냉혹한 시선과 함께 비판이 직설적이다. 시적 자아에게 자본주의 매연이 자욱한 몽골 초원이 눈에 거슬린 것은 당연하다. "탁한 매연을 시원한 흙바람으로 바꾸면서/야크 떼 소 떼까지 휘파람으로 불러들이면서/(세상의) 주점을 온통 새파란 초원으로 바꾸면서"이 시 행은 문명과 자연을 대비하고 있지만, 여기까지는 충돌로 인식하지 않고, 가장 문명적인 것과 자연스러운 초원의 대비를 통해 자본주의의 매연에 오염된 현실을 자연스럽게 보여줄 뿐이다. 그러나 마지막 시행을 통해 시적 자아의 현실 인식을 직설 시어를 통해 만날 수 있다. "(초원이) 마침내 자본주의의 시큼한 악취까지/향긋하고 상큼한 풀냄새로 바꾸면서"이는 거대 자본주의가 이런 청정지역까지 점유하고 있다는 현실에 대한 한탄이나 원망이 깔려있기 때문이다. 이에 대한 이유를 더 기술한다면, 시적 자아에게 아직 사회주의에 대한 아련한 몽상이 초원 저편에 어른거리고 있기 때문이 아닐까. 앞에서 서술한 대로 몽골은 소비에트 연방의 벨트에서 가장 먼저 독립한 국가이다. 이는 가장 먼저 신자유주의라는 왜곡된 현실에 편입되었다는 뜻이기도 하다.

몽골과 같이 사회주의 체제로 간 캄보디아에서 사회주의에 대한 인식 역시 회의적이다.


함지박 배를 저어 관광선을 따라오며 원 달러하고 내미는 소년의 손이 가랑잎처럼 야

위었다. 몸에 뱀을 감았다. 함께 사진을 찍어주겠단다. 아버지가 혁명의 전사였다고 가이드가 설명했다.

한 젊은 부부가 자청해서 살림집을 공개하겠단다. 달랑 텔레비전에 한 대가 가구의 전부인 호수 언덕에 붙은 새 둥지다. 우기가 되어 만수가 되면 수상 가옥으로 바뀐단다. 달러 한 장을 받아 들고 젊은 아내는 입을 벌리고 웃는다.

시장은 온통 프랑스 카페와 안마집이다. 잘사는 나라에서 온 남녀 관광객들이 빼곡히 누워 안마를 받는다. 밖에서는 악사들이 화려하게 차려입고 전통악기를 연주한다. 태반이 팔이 없거나 다리가 없다.

이들의 할아버지의 할아버지가 만든 사원은 멀리 초승달 아래서 한숨을 쉬고 있다. 아직도 하늘과 땅에 밴 피비린내가 가시지 않았기 때문이다. 밤이 깊으면 앙코르와트 사원의 신들이 돌 속에서 빠져나와 거리를 방황한다고 믿는 사람들이 많다.

그래도 그들의 꿈은 위대했다고 말하는 사람을, 아무래도 나는 믿을 수가 없다.

- 「위대한 꿈 - 캄보디아에서」 전문

캄보디아의 '킬링필드'는 널리 알려진 인류사적 비극의 사건이다. 시인이 캄보디아를 여행할 때 당연히 역사적인 내력을 알고 있었고, 인민들의 깊은 상흔을 직접 만나게 된다. 사회주의 정권의 이상향을 위해 동원되었던 인민들은 살아남았다 하더라도 현실에서는"팔이 없거나 다리가 없는" 불구의 몸으로 살아가고 있다. 얼마나 많은 사람을 죽였는지 지금도 캄보디아의 한 가정에 한 명 이상씩은 킬링필드의 피해자로 살해됐거나, 살아남았더라도 신체 중 일부 장애가 상흔으로 남아 있기 때문에 쉽게 불구의 캄보디아 인민들을 볼 수 있다. 한때 '진보적 이상'을 꿈꿨던 시인은 지금 관광선을 타고 최빈국 중 하나로 전락해 버린 캄보디아를 여행하는 중이다.

"함지박 배를 저어 관광선을 따라오며 몸에 뱀을 감은 소년"은 "원 달러!"를 외치며, 원 달러만 주면 기념으로 함께 사진을 찍어주겠다는 소년이 있는가 하면, 한 젊은 부부는 자청해서 자신들의 내밀한 살림집을 공개한다. 돈이 되는 일이라면 어떤 일도 마다하지 않는다. 그렇게 방문하게 된 집에는 달랑 텔레비전 한 대가 가구의 전부이다. 또 다른 장면은 온통 프랑스 카페와 안마 집이 들어선 시장이다. '잘사는 나라'에서 관광을 온 남녀들이 빼곡히 누워 안마를 받고, 그동안 밖에서는 악사들이 화려하게 전통 옷을 차려입고 그들의 전통악기를 연주한다. 그렇더라도 시적 자아는 이런 캄보디아를 잠잠히 바라볼 뿐, 비참한 현실에 대해 목청을 높이거나 비판하지 않는다.

그는 다만 외부자로서, "이들의 가난한 세태를 바라보는 할아버지의 할아버지가 만든 사원은 멀리 초승달 아래서 한숨을 쉬고 있다."라고 비유적인 낮은 탄식의 어조로 자신의 감정을 간접적으로 제시하고 있다. 그래서 시적 자아는 결국 "그래도 그들의 꿈은 위대했다고 말하는 사람을, 나는 아무래도 믿을 수가 없다."라고 말하며 한때 자신이 신봉했던 진보적인 이상이 현실에서 어떤 식으로 몰락했는지, 이데올로기화된 진보적 이상이 인간을 어떻게 억압하고 고통스럽게 만드는지를 근원적인 차원에서 성찰하며, 낮지만 분명하게 현실을 비판한다. 그래서 시의 제목이「위대한 꿈- 캄보디아에서」이다. '위대한 꿈'을 실현하기 위해 투쟁하다가 상처만 남은 그들의 현실은 비참할 뿐이니 시의 제목은 역설인 셈이다.

마지막으로, 신경림 시인의 북한 기행 시「남포 갈매기」를 통해 외부자의 눈으로 본 시 세계를 마무리하고자 한다.

술만 마시면 북에 두고 온 아들 타령을 하며 눈물을 글썽이던 덕대 황 씨는 아버지 주선으로 장터 한옆에 사진관을 냈다. 이름을 남포사진관이라 짓고, 첫날 우리 식구를 초청해서 사진을 찍었는데, 배경이 남포 선창이었다. 그의 고집으로 아버지는 상고선과 갈매기를 등에 지고 마도로스파이프를 입에 물었고, 할머니는 고향 떠나는 아들 배웅 나온 북도 아낙처럼 무명 수건에 남바위를 썼다. 자아, 인자 우리가 다 남포 부두에 와 있는 거야요, 기적 소리가 들리디요? 슬프고 애달프지 않아요? 그가 언제 어떻게 자취를 감추었는지 나는 알지 못한다. 전쟁이 끝났을 때 남포사진관은 없어졌고, 주인은 부역으로 감옥을 산다더라 또는 아들과 아내를 찾아 고향으로 갔다더라. 같은 뜬금없는 소문만 나돌았다. 휴전선 근처에서 총 맞아 죽었다는 소문도 있었다.

남포를 찾은 내 머리에는 마도로스파이프를 문 아버지와 남바위를 쓴 할머니의 영상이 먼저 떠오르면서, 황 씨가 어딘가에서 불현듯 나타나 나 알아보간? 하고 금니를 보이며 웃을 것 같은 생각을 버릴 수 없었다. 사진관 배경 그림과는 달리 시내 구석구석 호숫물이 들어와 있는 듯 아낙네들이 조각배에 올라 안개가 걷히지 않은 물 위를 느릿느릿 노저어 가고 있었다. 한산한 거리에 드문드문 국숫집 리발소 양복점 간판이 보였다. 나 알아보간? 여기가 바로 그 아름다운 남포란 말이다. '위대한 김정일 동지를 수반으로 하는 혁명의 수뇌부를 목숨으로 사수하자'라는 붉은 글씨 밑에서 어른거리는 수많은 야윈 얼굴들 속에서 갑자기 이런 소리가 들리는 것 같았다. 서해 갑문에서 듣는 갈매기 소리는 담 뒤에 숨어 엿보는 사람들의 얼굴과는 거꾸로 밝고 힘찼다.

고향엘 갔더니 장터 한 모퉁이에 남포집이라는 식당이 새로 생겼다. 벽에는 남포 포구의 옛 사진도 한 장 걸려 있다. 젊은 여주인은 그 사진의 내력을 알지 못했으나 나는 멋대로 그것이 남포사진관과 유관하다고 상상했다. 그러면서 그 사진에서 마도로스파이프를 문 아버지와 남바위를 쓴 할머니를 끌어냈다. 남포에서 사진관을 했다는 이력을 자랑하며 아들 얘기를 하던 덕대 황 씨는 어쩌면 지금쯤 저세상에서 할머니와 아버지를 만나 남포 얘기를 하고 있겠지. 저 사진에서 갈매기 소리가 들린다니까 여주인은 눈을 크게 뜨며 반색하고, 식당 밖을 나오니 갈매기 대신 동쪽 하늘에 둥그런 달이 떠오르고 있었다.

　- 「남포 갈매기」 전문

　이 시는 신경림 시인이 2007년 10월 노무현 정부 때 경제문화단체 북한방문 프로그램에 참여하여 다녀온 북한 기행 시이다. 그렇지만 시인은 체제나 이념의 문제보다 남포 기행에서 남포에서 월남했다가 고향에서 사진관을 냈던 덕대 황 씨를 추억하고 있다.

　이 시의 구조는 크게 다섯 개의 화소(話素)로 구성되었다. 첫째, 북한에서 월남한 황 씨가 사진관을 냈으며, 둘째, 그가 6.25전쟁에 휩쓸려 종적을 감췄고, 셋째, 북한 남포를 방문했을 때 황 씨에 대한 추억, 넷째, 안개 속으로 본 북한 주민들의 모습이다. 다섯째, 다시 고향 장터 한 모퉁이에 새로 생긴 식당 남포집에 대한 감회다.

　첫째, 고향의 덕대 황 씨는 "술만 마시면 북에 두고 온 아들 타령을 하며 눈물을 글썽이던" 평안도 남포에서 월남한 상태에서 38선이 막혀 타향살이하게 된 실향민이다. 황 씨는 아버지의 주선으로 장터 한쪽에 사진관을 내고 고향의 이름을 따서 남포사진관이라고 지었다. 사진관 문을 여는 날 "우리 식구를 초청해서 사진을 찍었는데, 배경이 남포 선창"이었다. 황 씨가 연출하되, "아버지는 상고선과 갈매기를 등에 지고 마도로스파이프를 입에 물었고, 할머니는 고향 떠나는 아들 배웅 나온 북도 아낙처럼 무명 수건에 남바위를 쓰게" 했다. 황 씨의 고향에 두고 온 가족에 대한 그리움이 이렇게 애절하게 표현되었다. 황 씨의 절절한 향수는 다음 시 구절에서 절정에 이른다. "자아, 인자 우리가 다 남포 부두에 와 있는 거야요, 기적 소리가 들리디요? 슬프고 애달프지 않아요?"

둘째, 6.25전쟁이 끝나자 남포사진관이 없어졌고, 황 씨도 자취를 감추었지만 그의 종적을 아는 사람은 아무도 없었다. "주인(황 씨)은 부역으로 감옥을 산다더라" 또는 "아들과 아내를 찾아 고향으로 갔다더라." 혹은 "휴전선 근처에서 총 맞아 죽었다더라" 등 뜬금없는 소문만 나돌았다.

셋째, 57년여 세월이 흐른 2007년 10월, 북한방문 때 서해갑문 기행 코스가 있었다. 시인이 말로만 듣던 남포를 찾았을 때, "내 머리에는 (옛적의) 마도로스파이프를 문 아버지와 남바위를 쓴 할머니의 영상이 먼저 떠오르면서," "어디선가 황 씨가 불현듯 나타나 "나 알아보간?" 하고 금니를 보이며 웃을 것만 같았다. 분단의 비극으로 희생이 된 작은 이웃 황 씨에 대한 기구하고 애절한 사연이다.

넷째, 북한 여행지 남포항 현실로 돌아오자 "(아름다운) 사진관 배경 포구 그림과는 달리" "시내 구석구석 호숫물이 들어와 있는 듯 아낙네들이 조각배에 올라 안개가 걷히지 않은 물 위를 느릿느릿 노 저어 가고 있었다." 그리고, "한산한 거리에 드문드문 국숫집 리발소 양복점 간판이 보였다." 이런 현실의 풍경 속에서 황 씨가 다시 불쑥 나타나 말을 걸어올 것만 같다. "나 알아보간? 여기가 바로 그 아름다운 남포란 말이다."라고. 시적 자아에게 정말 이곳이 아름다운가? 이어 여행지 남포에 대해 담담하게 감회를 서술한다. "'위대한 김정일 동지를 수반으로 하는 혁명의 수뇌부를 목숨으로 사수하자'라는 붉은 글씨 밑으로 수많은 야윈 얼굴들이 어른거린다." 그리고 "담 뒤에서 숨어 엿보는 사람들의 얼굴과는 거꾸로 서해 갑문에서 듣는 갈매기 소리는 밝고 힘찼다." 대비법을 통한 역설적인 표현이다.

다섯째, 시적 자아는 고향의 장터 한 모퉁이에서 남포집을 다시 만난다. "벽에는 남포 포구의 옛 사진도 한 장 걸려 있다." 그렇지만 젊은 여주인은 그 사진의 내력을 알지 못했지만, 시적 자아는 "남포사진관과 유관하다"라고 상상하고, 황씨와 함께 "그 사진 속에서 마도로스파이프를 문 아버지와 남바위를 쓴 할머니"를 회상해 낸다.

시적 자아에게 몽골이나 캄보디아에서 만났던 지나간 사회주의나, 현재 사회주의 국가 북한에 대한 느낌이 크게 다르지 않음을 알 수 있다. 신경림 시인에게 이념이란 가까운 이웃을 진정으로 행복하게 해줄 수 있어야 한다.

이러한 신경림 시적 성향을 두고 염무웅은 어느 자리에서 "국민시인 이라는 말에 부정적인 뉘앙스가 없다면, 그는 민족시인, 민중 시인을 넘어서는 진정한 국민 시인이라 할 수 있다"라고 말한 바 있다. 곧, 이념이나 사상적 편향에서 벗어나 시의 경향에 대한 정서적인 균형을 갖춰 편협한 민족주의자도, 이데올로기를 신봉하는 진보주의자도 아닌 유연한 문학론을 소유한 시인임을 알 수 있다.

지금까지 살펴본 바와 같이, 신경림은 후기 시는 거시 담론으로, 여전히 남아 있는 사회의 구조적인 모순을 선구적 시선으로 문제를 포착하여 사회 집단을 향해, 또 개인을 향해 드러낸다. 그렇지만 목청이 높은 구호가 아니라 전반적으로, 자기반성적으로 감정이 절제되었고, 차분하고 낮은 어조로 드러내는 특징을 보여준다. 이는 글로벌화 환경에서 세계 곳곳에서 더욱 객관적인 시각으로, 길 위에서 가까운 이웃을 보듬는 방법으로도 나타난다.

이런 현실 비판적인 유형의 시는 후기 시 총 287편의 시 중에 63편으로, 비교적 비중이 높다. 이는 후기 시에 여전히 현실 비판적인 작품들이 많은 사실을 짐작케 하는 부분이다. (【부록 2】후기 시의 네 가지 분류표 참조)

다음 장에서는 거시 담론에서 벗어나 미시 담론을 통해 깊은 서정 세계를 보여주는 시의 유형을 고찰하고자 한다.

## 제4장 인간과 자연의 서정 세계

이 장에서는 미시 담론에 초점을 맞추어 자연과 일상에서 만나는 서정 세계를 다룬 작품들을 살펴보고자 한다. 특히 이 시 유형의 작품은 '가족과 작은 이웃 돌아보기'와 '자연과 현실의 아우르기'를 드러내는 두 유형의 시로 구분하여 살펴보겠다.

이 논의를 위해서 먼저 시의 서정성에 대해 정리할 필요가 있겠다. 신경림의 시에서 서정성에 대해서는 연구사에서 본 것처럼, 중기 시집 『농무』를 중심으로 논의가 활발하게 진행되었고 정리되었는데, 『농무』에 나타난 서정성은 전통적인 서정시의 세계와는 여러 면에서 다르다. 곧, 우리 전통적인 서정시가 주로 서사를 은닉한 채 시인의 정서와 감정을 드러냈다면, 시집 『농무』에 수록된 시에서는 시인이 민중과의 체험담을 이야기 전면에 내세워 시적 서술을 진행한다. 이를 두고 백낙청은 신경림의 시가 "서정적인 한계를 넘어서 리얼리스틱한, 어떤 단편 소설가가 씀직한 그런 경지로까지 들어갔다"라고 밝힌 바 있고, 유종호도 서사를 통해 획득한 서정성에 대한 견해를 밝힌 바 있다.

신경림의 후기 시의 서정성에 대해 좀 더 고찰할 필요가 있겠다. 신경림의 시는 후기 시로 넘어오면서 특징 중 하나는 시의 소재가 매우 다양해지는 것인데, 우리 국토의 자연, 자연에 동화되어 살아가는 사람들, 외국 여행지의 풍경과 그곳에서 만난 외국인들의 삶 등 글로벌화된 시대적 현실을 적극적으로 투영한다. 신경림이 다루는 주요한 시적 소재는 사람이 살아가는 구체적인 현실적인 삶의 표현과 밀접한 관련이 있다. 이때 서정성이란 1970, 80년대 민중의 현실을 붙잡기 위해 객관적 서술과 묘사를 뼈대로 한 서사 기법을 사용했던 중시기와 달리 범속한 일상적 소재와 내면 탐구로 방향을 전환하면서 이야기 서술을 통한 서정성이 강화된다는 점이다. 이는 '서정과 현실 서사의 조화'를 통해서 드러나는 서정성이며, 인간적인 삶의 사연이 빚어내는 서정성을 의미한다. 위에서 제시한 개념을 통해 '서정적 현실주의'를 정리할 수 있겠다. 이는 1970, 80년대에 용어로 사용되던 이념이나 현실 참여적인 의미로 사용되던 민중이나 농민, 노동자, 도시 빈민과 변별된다. 이 연구가 주로 다루고자 하는 후기 시의 작은 이웃이란 이데올로기가 배제된 나와 작은 이웃인 동시에, 사회 현실과 역사 안팎에서 조응하며, 투철한 내면 성찰과 명상의 결과로 나타나는 작은 이웃의 사연(이야기, 서사)이 서술을 통해 드러나는 서정성을 의미하며, 이를 이 연구에 한정하여 '서정적 현실주의'라는 용어를 사용하고자 한다. 따라서 후기 시에 등장하는 서사는 대개 이 범주에 든다고 볼 수 있을 것이다. 이에 따라 '서정적 현실주의' 시는 때에 따라 리얼리즘 시와 서정시 두 경계에 걸쳐 있다고 보아도 좋을 것이다. 이에 대해서는 논의 전개 과정에서 다시 언급될 것이다.

여기서 다루게 될 두 유형의 시가 가진 특징의 핵심은 시인이'무엇을 쓰고자' 했을 때와 같은 의도적으로 쓴 시가 아니라 '(자연스럽게) 써진 시'라는 점이다. 신경림 자신의 시작(詩作) 태도에 대해 그의 말을 종합하면 '자연스럽게 씌어졌다'라는 것은 '어떻게 써야겠다'라는 중압감에서 벗어나 '즐겁게 쓴 시'를 말한다.

그래서 신경림 시인은 후기 시에 이르러 자유로운 영혼이 되어 세상을 떠돌며, 쓰고 싶을 때 즐겁게 꿈꾸듯 시를 쓴다. 이때 그의 꿈은 다양한 양상으로 나타난다. "얼마 남지 않은 내일에 대한 꿈, 내가 사라지고 없을 세상에 대한 꿈, 때로는 그 꿈이 허황하게도 나의 지난날에 대한 재구성 형태로 나타나기도 한다." 이는 사무사(思無邪) 경지에 이르렀다고 할 만하다.


 1. 가족과 작은 이웃 돌아보기


 신경림의 시들은 자신과 가족 같은 주변적인 인물들의 삶과 밀접한 관련을 맺고 있다. 신경림의 이런 특징은 후기 시로 이어져, 후기 시의 중요 소재는 가족 혹은 작은 이웃이다. 신경림의 시가 후기로 접어들면서 집단보다는 개인에게 초점이 맞추어지는 경향을 드러낸다고 했을 때, 이를 가장 잘 보여주는 유형의 시들이 바로 이 유형의 시들이라고 할 수 있다. 작은 이웃에 대해서는 부연 설명이 필요하다. 여기서 말하는 작은 이웃이란 세상 낮은 곳에서 힘겹게 삶을 살아가는 사회적 약자를 뜻한다. 특히 작은 이웃이 민중이라는 거시 담론에서 이해되는 존재가 아니라 한 개인으로서 시적 자아에게 다가오는 객관적 존재를 뜻하며, 시적 자아가 사랑과 연민으로 감싸안아야 할 대상을 이르는 말이다. 시집 『쓰러진 자의 꿈』(1994) 이전의 중기 시에도 작은 이웃이라고 할 수 있는 노동자, 농민, 장꾼, 도시 빈민들이 등장하기는 하지만, 중기 시에서는 개별자가 아닌 사회 집단 형태로 사회적 의미를 지니고 등장한다는 데 큰 차이점이 있다.


 1) 가족과 공동체 인식


 먼저, 시적 자아가 가족과 더불어 자신을 돌아보는 시를 보기로 한다.


툭하면 아버지는 오밤중에
취해서 널브러진 색시를 업고 들어왔다.
어머니는 입을 꾹 다문 채 술국을 끓이고

할머니는 집안이 망했다고 종주먹질을 해댔지만,
며칠이고 집에서 빠져나가지 않는
값싼 향수내가 나는 싫었다.
아버지는 종종 장바닥에서
품삯을 못 받은 광부들한테 멱살을 잡히기도 하고,
그들과 어울려 핫바지 춤을 추기도 했다.
빚 받으러 와 사랑방에 죽치고 앉아 내게
술과 담배 심부름을 시키는 화약 장수도 있었다.

아버지를 증오하면서 나는 자랐다.
아버지가 하는 일은 결코 하지 않겠노라고,
이것이 내 평생의 좌우명이 되었다.
나는 빚을 질 일을 하지 않았다.
취한 색시를 업고 다니지 않았고,
노름으로 밤을 지새지 않았다.
아버지는 이런 아들이 오히려 장하다 했고
나는 기고만장했다. 그리고 이제 나도
아버지가 중풍으로 쓰러진 나이를 넘었지만,

나는 내가 잘못했다고 생각한 일이 없다.
일생을 아들의 반면교사로 산 아버지를
가엾다고 생각한 일도 없다. 그래서
나는 늘 당당하고 떳떳했는데 문득
거울을 보다가 놀란다. 나는 간 곳이 없고
나약하고 소심해진 아버지만이 있어서,

취한 색시를 안고 대낮에 거리를 활보하고,

호기 있게 광산에서 돈을 뿌리던 아버지 대신,

그 거울 속에는 인사동에서도 종로에서도

제대로 기 한번 못 펴고 큰소리 한번 못 치는

늙고 초라한 아버지만이 있다.

    -「아버지의 그늘」 전문


『어머니와 할머니와 실루엣』(1998)에 실린 시이다. 이 시는 거울을 보기 전의 과거와 거울을 들여다보는 현재의 자신을 비교하여 자신을 성찰하는 시다. 시적 자아는 거울을 보기 전까지는 자신의 삶에 자부심이 있었다. 왜냐하면 나는 한밤 중에 술집 색시를 업고 들어오거나, 품삯을 받지 못한 광부들에게 멱살을 잡히고, 노름으로 밤을 새우며 인생을 탕진했던 아버지를 반면교사로 삼아서 절대로 그런 아버지를 따라 하지 않겠노라고 다짐하며 성실하게 인생을 살아왔다고 자부했기 때문이다. 세상을 허풍으로 산 아버지보다 자신을 스스로 대견하다고 생각해 왔다. 자신이 오랜 시간 증오했던 아버지로부터 "이런 아들이 오히려 장하다"라는 말을 들어왔었고, 나는 아버지의 그 말에 기고만장하며 지금껏 살아왔다. 그래서 늘 당당하고 떳떳했는데, 나는 문득 오늘 거울 속에 든 아버지를 발견하고 화들짝 놀란다. 내가 고스란히 아버지가 되어 있는 것이다.

  피는 속일 수 없다는 말이 있듯이, 늘 부정해 오던 아버지의 늙은 모습을 스스로에게서 발견한 시적 자아는 그동안 자신을 버티게 했던 그 믿음 체계에 대한 성찰을 비로소 시작하게 된다. 최선을 다해 아버지의 굴레에서 벗어나 떳떳하고 당당하게 살아왔다고 자부했는데, 호기로웠던 아버지를 뛰어넘기는커녕 오히려 나는 "기 한번 제대로 못 펴고, 큰소리 한번 못 치는"것이 현재 자신의 모습이고, 나는 늙고 초라한 아버지의 모습 그대로이다. 지금 자신에게는 아버지의 그늘만 물려받거나, 거울 속에는 나약하고 소심해진 아버지만이 있을 뿐이다. 아버지를 닮지 않으려 했지만 어느새 아버지와 꼭 같은 삶을 살게 된 자신, 오히려 아버지보다 더 못한 삶을 살게 되었음을 확인하는 순간의 열패감이 시 전반을 지배하는 깨달음의 정서이다. 이는 아버지를 향한 증오에서 화해로의 전환을 의미하기도 한다. 시적 자아는 자신의 연약함과 대를 잇는 삶의 그늘을 확인한 것만 같아 자못 쓸쓸하다.

이 시는 나의 문제로 출발하여 시적 대상이 가족으로 옮겨갔지만, 나와 가족의 경계는 뚜렷하지 않다. 따라서 자아 성찰을 통해 만나게 되는 나와 가족은 이제 연민의 대상이 되어 있다.

이 같은 아버지에 관한 이야기는 나와 가족에 관한 이야기로 확장되기도 한다.


웬 낯선 사람이 들어와 자느냐고 고함을 지르는 할머니와
아들도 몰라보는 데 화가 난 아버지가 대들어 싸우던,
나는 그 봄이 싫다.
마당 가에는 앵두꽃이 지고 작약이 피기 시작했지만
봄이 다 가도록 흙바람이 자지 않던,
눈을 뜨고도 간밤의 과음으로 자리에서 못 일어나는 봄에서
매캐한 최루탄 냄새가 떠나지 않던 마흔이 싫다.
바쁜 것은 늘 어머니 혼자여서 뒷산에 가 물을 긷고,
등교하는 어린 손자들의 과제물을 챙기고 도시락을 싸던,
진종일 뿌연 채 다시는 맑은 하늘이 보일 것 같지 않던,
지금도 꿈속에서 찾아가는, 그 봄이 싫다.
그리워서 찾아가는 나의 젊은 날이 싫다.

아무것도 하는 일 없이 빈둥대다가 저녁이 되면

친구들을 만나 터무니없이 들뜨던 술집이 싫고,

통금에 쫓겨 헐레벌떡 돌아오면 늦도록 기다리다

문을 따주던 아버지의 앙상한 손이 싫다,

중풍으로 저는 다리가 싫고

죽은 아내의 체취가 밴 달빛이 싫다.

지금도 꿈속에서 찾아가는, 어쩌다 그리워서 찾아가는

어쩌면 다시는 헤어나지 못한다는,

헤어나도 언젠가 다시 닥칠지 모른다는 두려움에 떨던,

나의 마흔이 싫다.


　-「나의 마흔, 봄」전문


　이 시가 실린 시집『사진관집 이층』이 나온 시기는 2014년이고, 시인의 '싫은 마흔의 봄'은 군사독재 정권의 시퍼런 칼날이 번뜩이던 1975년이 구체적인 배경이다. 시인의 조강지처 이강임 여사가 세상을 뜨고 홀로 지내던 시절이었고, 시 전편에 깔린 '마흔의 봄'은 여러 가지 이유로 싫다. 신경림은 1975년『예세닌 시집』(오장환 역) 때문에 구속된 사건이 있었고, 문단에서는 자유실천문인협회 초대 간사로 임명되었다. 가정적으로는 안양시 비산동 489의 43에서 서울 성북구 길음동에 집 한 채 마련하여 이사하면서 조모와 부모가 한집에 거처하게 된다.

　그렇지만 집안은 우환의 연속이었다. 인용 시에서 보듯, "웬 낯선 사람이 들어와 자느냐고 고함을 지르는 할머니"는 치매로 고생하고, 그런 할머니와 아버지가 싸우는 장면으로 시가 시작된다. 아내가 세상을 뜬 뒤, 노망난 할머니와 중풍을 앓는 아버지는 더욱 누추해 보이고, 늙은 어머니는 어린 손자들의 뒤치다꺼리를 하며 바쁘게 움직인다. 시적 자아는 어린아이들을 두고 일찍 세상을 뜬 "아내의 체취를 밴 달빛이 싫고", 아내가 두고 간 아이들이 눈에 밟히는 당시의 현실이 싫었다. 게다가 그 시절, 가난은 업보이자 굴레처럼 견고하게 시인의 주변에 달라붙어 있었다.

그 시기로부터 30여 년의 세월이 지난 뒤, 지금 돌아보아도 시인에게는 그때 자신을 둘러싸고 있던 마흔의 현실은 여전히 지긋지긋하게 싫은 것이다. 어쩔 수 없는 그리움에 그때로 돌아가 보기도 하는데, "지금도 꿈속에서 찾아가는, 어쩌다 그리워서 찾아가는/어쩌면 다시는 헤어나지 못한다는,/헤어나도 언젠가 다시 닥칠지 모른다는 두려움에 떨던," 시인에게는 가슴 아픈 시절이자 장소임을 부인할 수는 없다. 또, 그리워서 찾아갔다가 다시 굴레에 갇혀 빠져나오지 못할 것만 같은 두려움이 시 전편에 짙게 드리워져 있다.

신경림이 집 울타리 안으로 들어오면 늘 가난한 현실과 마주친다. 『사진관집 이층』(2014)에 실린 「가난한 아내와 아내보다 더 가난한 나는」을 보면 시인은 여전히 세상 떠난 아내와 함께했던 그 옛날의 '홍은동 산 일번지'에 머물고 있음을 알 수 있다. 이렇게, 그의 시에서 가난은 핵심 소재였다.


떠나온 지 마흔 해가 넘었어도
나는 지금도 산비알 무허가촌에 산다
수돗물을 받으러 새벽 비탈길을 종종걸음치는
가난한 아내와 함께 부엌이 따로 없는 사글셋방에 산다.
문을 열면 봉당이 바로 골목이고
간밤에 취객들이 토해놓은 오물로 신발이 더럽다
등교하는 학생들 틈에 섞여 화장실 앞에 서서
발을 동동 구르다가 잠에서 깬다.

지금도 꿈속에서는 벼랑에 달린 딸개방에 산다
연탄불에 구운 노가리를 안주로 소주를 마시는
골목 끝 잔술집 여주인은 한쪽 눈이 멀고
삼 분의 일은 검열로 찢겨나간 외국 잡지에서
체 게바라와 마오를 발견하고 들떠서
떠들다 보면 그것도 꿈이다
지금도 밤늦게 술주정 소리가 끊이지 않는
어수선한 달동네에 산다
전기도 없이 흐린 촛불 밑에서
동네 봉제공장에서 얻어온 옷가게에 단추를 다는
가난한 아내의 기침 소리 속에 산다
도시락을 싸며 가난한 자기보다 더 가난한 내가 불쌍해
눈에 그렁그렁 고인 아내의 눈물과 더불어 산다

세상은 바뀌고 바뀌고 또 바뀌었는데도
어쩌면 꿈만 아니고 생시에도
번지가 없어 마을 사람들이 멋대로 붙인
서대문구 홍은동 산 일번지
떠나온 지 마흔 해가 넘었어도
가난한 아내와 아내보다 더 가난한 나는
지금도 이 번지에 산다

- 「가난한 아내와 아내보다 더 가난한 나는」 전문


시적 자아의 회고는 1970년대 중반까지 거슬러 올라간다. 생애사에서 보듯, 충주가 고향인 신경림은 1956년 시인으로 등단했지만, 당시의 시와 세상에 대한 회의와 좌절감 때문에 낙향하고 만다. 10여 년이 지난 1965년에 동료 시인 김관식의 권유로 온 가족을 이끌고 서울로 올라와 '서대문구 홍은동 산 일번지'에 삶의 터전을 잡았다. 부엌이 따로 없는 사글셋방이었는데, 이곳은 당시 한국 문단에서 가난한 시인의 대명사로 알려진 김관식의 집이었다. 그곳에 의지한 나 혹은 가족의 삶은 여전히 가난할 수밖에 없었을 것이다. 당시 신경림 시인은 출판사와 잡지사를 전전하며 시를 썼지만 가족을 먹여 살리기에는 턱없이 부족했다. 아내가 봉제공장에서 얻어온 옷에 단추를 달아 생활비를 벌어야 했는데, 이 작품은 당시 시인의 궁핍한 생활상이 그대로 반영되어 있다고 해도 과언이 아니다. "문을 열면 봉당이자 바로 골목길이고/간밤에 취객들이 토해놓은 오물로 신발이 더럽다/등교하는 학생들 틈에 섞여 화장실 앞에서 서서/발을 동동 구르다가 잠에서 깬" 가위눌린 시인은 그러나 여전히 그 시절, 그 집에 살고 있는 것 같은 기분에 사로잡힌다. 추억하며 그 시절로 되돌아가 "도시락을 싸며 가난한 자기보다 더 가난한 내가 불쌍해/눈에 그렁그렁 고인 아내의 눈물"과 더불어 살아가고 있다. 그때로부터 40여 년이 지나 노년에 이른 시인은 이렇게 꿈에서나마 아내와 가난을 만나곤 한다. 이 작품에는 가난한 아내가 자신보다 더 가난한 남편, 즉 시인을 불쌍하게 여기는 아내의 애틋한 감정이 잘 드러나 있다.

이렇게 신경림은 후기 시에서도 3, 40여 년 전 가난하고 남루했던 시절의 삶을 다시 호출하여 형상화해 낸다. 이것은 단순히 빠르게 변한 세상 속에서 과거를 회고함으로써 심리적 보상이나 안정감을 찾으려는 행동으로 보기는 어렵다. 그때마다 시적 자아는 오히려 당시의 고통을 다시 회고하고, 그 시절 가족들과 자기 삶의 비참함을 재확인하는 경우가 많기 때문이다. 신경림은 과거의 가난과 불행한 가족사를 낭만화하기보다는 있는 그대로 호출해 내면서도 지금 풍요로운 물질적 삶과 일정 부분 대비시킨다. 즉 지금의 삶이 물질적으로는 풍요로워졌지만 혹시 놓치고 있는 것은 없는지, 사람 간의 유대와 진정성의 측면에서 성찰해 볼 부분이 없는지 성찰하게 한다. 아무것도 온전히 갖추지 못한 현대인들에게 가난했지만 가치 있는 기억을 형상화하는 데 몰두함으로써 오늘의 결핍한 우리에게 소중한 가치가 무엇인지 질문을 던진다.

신경림은 '홍은동 산1번지'에서 '안양시 동안구 비산동 489의 43'으로 옮겨 가난한 대가족의 삶을 지속해 나간다.


이 지번에서 아버지는 마지막 일곱 해를 사셨다.
아들을 몰라보고 어데서 온 누구냐고 시도 때도 없이 물어쌓는
망령 난 구십 노모를 미워하면서,
가난한 아들한테서 나오는 몇 푼 용돈을 미워하면서,
절뚝절뚝 산동네 아래 구멍가게까지 걸어 내려가
주머니에 사 넣는 한 갑 담배를 미워하면서,
술 취한 아들이 밤늦게 사 들고 들어와
심통과 함께 들이미는 군밤을 미워하면서,
너무 반가워, 그것도 너무 반가워
말보다 먼저 나가는 야윈 손을 미워하면서,

돌아가셔도 눈물 한 방울 안 보일,
남편의 미운 것이 미워 눈물 한 방울 안 보일
아내를 미워하면서,
시신을 덮은 홑이불 밖으로 나온
그의 앙상한 발을 만지며 울 막내를 미워하면서,
고향 선산까지 그를 실어 갈 낡은 장의차를 미워하면서.

죽어서도 떠나지 못할 산동네를 미워하면서,
산동네를 환하게 비출 달빛을 미워하면서,

안양시 동안구 비산동 489의 43,
이 지번에서 아버지는 지금도 살고 계신다.

　－「안양시 비산동 489의 43」전문

　이 시가 실린 시집『사진관집 이층』이 발간된 시기는 2014년이다. 신경림 시인
이 '홍은동 산1번지'에서 '안양시 동안구 비산동 489의 43'으로 옮겨 간 이유는
앞에서 기술한 것처럼 충주 고향에 있는 가족을 불러올려 그들을 부양하기 위해
서였다. 가난한 시인에게 대가족을 부양하기에는 경제적으로도 벅찼고, 정치적으
로도, 가정적으로는 가난의 굴레를 넘어 할머니의 노망과 중풍 등으로 곤고한 삶
의 여정을 보여주고 있다. 이런 궁핍하고 고단한 삶은 안양을 떠나 서울 성북구
정릉동 생활로 이어지게 된 것이다. 시「정릉동 동방주택에서 길음시장까지」「정
릉에서 서른 해를」은 그의 삶의 여정을 반영한 시들이다.
　시에 등장하는 집은 아버지를 기준으로 보면 고향 마을에서 올라와 '마지막 일
곱 해'를 살았던 공간이 바로 안양시 동안구 비산동이다. "망령 난 구십 노모"는
여전히 "(지금도) 아들도 제대로 몰라보고 어데서 온 누구냐, 하고 시도 때도 없
이 물어 쌓는다." 아버지는 "망령 난 구십 노모를 미워하면서,/가난한 아들한테
서 나오는 몇 푼 용돈을 미워하면서,/절뚝절뚝 산동네 아래 구멍가게까지 걸어
내려가 주머니에 사 넣는 한 갑 담배를 미워하면서,/술 취한 아들이 밤늦게 사
들고 들어와/심통과 함께 들이미는 군밤을 미워하면서,/너무 반가워, 그것도 너
무 반가워/말보다 먼저 나가는 야윈 손을 미워하면서" 이렇게, 아버지는 타향에

서 궁색하게, 초라하게 살다가 생애를 마쳤다.

아버지에 대한 미운 감정은 아버지의 죽음 이후에도 지속된다. "(아버지가) 돌아가셔도 눈물 한 방울 안 보일,/남편의 미운 것이 미워 눈물 한 방울 안 보일/아내를 미워하면서,"라고 하여 시적 자아는 아버지에 대한 미움의 감정을 집요하게 이어가고 있음을 확인할 수 있다.

이제 "시신을 덮은 홑이불 밖으로 나온/그의 앙상한 발을 만지며 울 막내를 미워하면서,/고향 선산까지 그를 실어 갈 낡은 장의차를 미워하면서"라 하여 미움에 대한 감정은 끝까지 누그러지지 않는다. 마침내 "죽어서도 떠나지 못할 산동네를 미워하면서,/산동네를 환하게 비출 달빛을 미워하면서,/안양시 동안구 비산동 489의 43,/이 지번에서 아버지는 지금도 살고 계신다."라는 구절로 비극적인 끝을 맺는다.

결코 벗어날 수 없는 가난의 굴레는 아버지의 마지막 일곱 해의 삶을 지배했고, 아버지는 가족과 화해하거나 삶과 화해를 하지 못한 채 그렇게 시적 자아의 기억 속에 여전히 '안양시 동안구 비산동 옛집'에 머물게 된다. 시인에게 아버지에 대한 미운 감장은 집요하다.

신경림의 시에서 가족은 중요한 시적 소재로 자주 등장하며 가족을 소재로 한 작품은 시인의 생애사를 그대로 반영하듯 긴밀하게 연결되며, 기구한 사연 또한 길게 이어진다. 여기에는 진보적 이상이라는 거시 담론의 이데올로기가 반영되기보다는 그런 거시 담론의 영향은 후경으로 밀려나 있고 삶의 굽이굽이 간난신고(艱難辛苦)를 겪는 인간들의 구체적이면서도 현실적인 삶의 모습들이 생생하게 전면화된다. 시인은 자기 삶을 감추거나 미화하는 일 없이 그야말로 사실적으로 진솔하게 시를 써나간다.

다음으로 살펴볼 「정릉동 동방주택에서 길음시장까지」는 신경림 시인이 '안양시 비산동 489의 43'을 거쳐, 33년을 살았던 동방주택을 소재로 쓴 시다. 시인은 혼자 남은 어머니에 대한 기억과 탐구를 수행한다.

정릉동 동박주택에서 길음시장까지, 이것이
어머니가 서른 해 동안 서울 살면서 오간 길이다.
약방에 들러 소화제를 사고
떡집을 지나다가 잠깐 다리쉼을 하고
동향인 언덕바지 방앗간 주인과 고향 소식을 주고받다가
마지막엔 동태만을 파는 좌판 할머니한테 들른다.
그의 아들은 어머니의 손자와 친구여서
둘은 서로 아들 자랑 손자 자랑도 하고 험담도 하고
그러다 보면 한나절이 가고
동태 두어 마리 사 들고 갔던 길을 되짚어 돌아오면
어머니의 하루는 저물었다.
강남에 사는 딸과 아들한테 한번 가는 일이 없었다.
정릉동 동방주택에서 길음시장까지 오가면서도
만나는 사람이 너무 많고
듣고 보는 일이 이렇게 많은데
더 멀리 갈 일이 무엇이냐는 것을 텐데

그 길보다 백배 천배는 더 먼,
어머니는 돌아가셔서, 그 고향 뒷산에 가서 묻혔다.
집에서 언덕 밭까지 다니던 길이 내려다보이는 곳,
마을 길을 지나 신작로를 질러 개울을 건너 언덕 밭까지,
꽃도 구경하고 새소리도 듣고 물고기도 들여다보면서

고향 살이 서른 해 동안 어머니는 오직 이 길만을 오갔다.
등 너머 사는 동생한테서
놀러 오라고 간곡한 기별이 와도 가지 않았다.
이 길만 오가면서도 어머니는 아름다운 것,
신기한 것 지천으로 보았을 게다

어려서부터 집에 붙어 있지 못하고
미군 부대를 따라 떠돌기도 하고
친구들과 어울려 먼 지방을 헤매기도 하면서,
어머니가 본 것 수천 배 수만 배를 보면서,
나는 나 혼자만 너무 많은 것을 보는 것을 죄스러워했다.
하지만 일흔이 훨씬 넘어
어머니가 다니던 그 길을 걸으면서,
약방도 떡집도 방앗간도 동태 좌판도 없어진
정릉동 동방주택에서 길음시장까지 걸으면서,
마을 길도 신작로도 개울도 없어진
고향 집에서 언덕 밭까지의 길을 내려다보면서,
메데진에서 디트로이트에서 이스탄불에서 끼예프에서
내가 볼 수 없었던 많은 것을
어쩌면 어머니가 보고 갔다는 걸 비로소 안다.

정릉동 동방주택에서 길음시장까지,
서른 해 동안 어머니가 오간 길은 이곳뿐이었지만.

-「정릉동 동방주택에서 길음시장까지」 전문

이 시의 공간적 배경은 정릉동 동방주택에서 길음시장까지이다. 그의 생애사에서 보듯, 신경림 시인이 청년 시절 낙향한 뒤 10년의 방황 끝에 결론은 "내게는 시 쓰는 일 이외 할 수 있는 일이란 아무것도 없다"라는 것이었고, "'시는 그 시대의 요구에 대한 해답이 되지 않아서는 안 된다'라는 명제에 한동안 충실했다. 또 시가 아름다운 세상을 만드는데 작으나마 기여해야 한다는 생각도 바뀌지 않았다. 결국 내 시는 반유신 반 군사 독재적 성격을 띠지 않을 수 없었으며, 시는 그 무기가 되기에 충분하다는 과격한 생각까지 했다. 그러나 마음 한구석에는 아름다운, 더 많은 사람들에게 감동을 주는 시를 쓰고 싶은 유혹이 도사리고 있었고, 이것이 드러나면 후배나 동료들은 나를 문학주의자로 비판하고 매도했다." 위와 같은 시인의 말에는 시의 변화에 대한 고뇌와 아픔이 배어 있다. 그 결과, "내 시가 남의 시처럼 낯설고 싫어졌다. 나는 시를 쓰는 일이 다시 시들하고 신명이 나지 않았다."라고 고백한다. 그러나 이런 갈등의 터널을 지나오면서 시란 무엇에 구애받아서는 안 되고, 무엇을 위해서 혹은 누구를 위해 쓰는 것도 아니라는 뻔한 사실, 이데올로기에 종속하거나 목적을 가질 때 재미없는 시, 쓰는 사람한테도 읽는 사람한테도 가장 신명 나지 않는 시가 된다는 사실을 새삼 확인한 그것은 수확이었다고 고백한 바 있다. 하지만 신경림의 이러한 시작 태도는 2002년 시집 『뿔』을 낼 때 "시 쓰는 일이 정말로 즐거워졌다."라고 술회하여 이제 이념이나 이데올로기의 짐을 덜어냈다는 사실을 확인할 수 있다.

인용 시 또한 같은 맥락에서 진보적 이상에 대한 추구나 거시 담론의 영향 아래 창작되었다기보다는 삶에 뿌리박은 진솔한 사람의 목소리로, 자신의 어머니를 그려내고 있다.

평생을 길음시장에서 동방주택을 오가며 살다 세상을 뜬 어머니의 삶을 통해 시적 자아는 자신의 삶을 돌아보는데, 자신이 비록 전국 각지, 그리고 세계 곳곳을 여행해 왔지만, 오히려 서른 해 동안 동네 골목을 오갔던 어머니가 자신보다 더 많은 것을 보고 갔을 것이라는 깨달음이다. 이 시 구절, "이 길만 오가면서도 어머니는 아름다운 것./신기한 것 지천으로 보았을 게다."가 그것이다. 또 "약방도 떡집도 방앗간도 동태 좌판도 없어진/정릉동 동방주택에서 길음시장까지 걸으면서."어머니가 걷던 길을 되짚어 걸으면서, 골목에서 만난 매일 다른 풍경과 사람들 속의 깊은 관계 맺기에 이르기까지, 진정으로 배워야 할 것이 무엇인지 잔잔한 어조로 들려준다. 시적 자아는 어머니가 "서른 해 동안 어머니가 오간 길은 이곳뿐이지만."이곳에서 삶의 모든 것을 이뤄냈다고 본다. 느릿느릿 걸으며 소소한 생필품을 사고 사람들을 만난 뒤 집으로 돌아오는 동네 골목은, 세계보다 더 넓고 깊다는 사실까지 일깨워주고 있다. 결국 시인 자신의 삶은 어머니의 삶을 뛰어넘지 못했다는 깨달음을 전해준다. 이러한 포착은 단순히 시인의 개인사에 국한된다기보다는 같은 시대를 살아온 공동체의 다양한 사람들의 보편적인 생애로 확장하여 이해할 수 있는 부분이기도 하다.

가족을 배경으로 한 신경림의 시는 할머니와 어머니, 아내에게로 이어진다.


어려서 나는 램프 불 밑에서 자랐다.
밤중에 눈을 뜨고 내가 보는 것은
재봉틀 돌리는 젊은 어머니와
실을 감는 주름진 할머니뿐이었다.
나는 그것이 세상의 전부라고 믿었다.
조금 자라서는 칸델라 불 밑에서 놀았다.
밖은 칠흑 같은 어둠
지익지익 소리로 새파란 불꽃을 뿜는 불은
주정하는 험상궂은 금점꾼들과

셈이 늦는다고 몰려와 생떼를 쓰는 그
아내들의 모습만 돋움새겼다.
소년 시절은 전등불 밑에서 보냈다.
가설극장의 화려한 간판과
가겟방의 휘황한 불빛을 보면서
나는 세상이 넓다고 알았다. 그리고

나는 대처로 나왔다.
이곳저곳 떠도는 즐거움도 알았다.
바다를 건너 먼 세상으로 날아도 갔다.
많은 것을 보고 많은 것을 들었다.
하지만 멀리 다닐수록, 많이 보고 들을수록
이상하게도 내 시야는 차츰 좁아져
내 망막에는 마침내
재봉틀을 돌리는 젊은 어머니와
실을 감는 주름진 할머니의
실루엣만 남았다.

나는 다시 이것이
세상의 전부가 되었다.

- 「어머니와 할머니의 실루엣」 전문


유년 시절의 추억은 대개 개개인에게 신화적인 형태로 존재한다. 이 시에서 '나'는 불꽃을 응시하면서 과거 추억 속으로 침잠해 들어간다. 가스통 바슐라르

(GastonBachelard)에 따르면 "불꽃을 보는 자는 고독한 자, 추억을 회상하는 자이다. 또 불꽃을 통해서 구원을 발견하고, 존재의 정체성을 회복한다.라고 했다. 요컨대 인간의 본성은 원초적인 존재에서 만난다는 뜻이기도 하다. 시인은 어머니와 할머니의 추억을 통해서 정체성을 회복하려 한다. 시적 자아가 램프 불을 통해서 어머니와 할머니의 실루엣을 내밀하게 응시하는 이유가 여기에 있다. 즉 나는 불꽃의 몽상을 통해 가족애와 모성의 세계를 발견하고, 그 세계 속에 들어 있는 나의 원초적인 존재의 모습을 회복하려 한다. 인용 시에서 시적 자아에게 추억의 불꽃은 램프 불 → 칸델라 불 → 전등불 → 대처 → 램프 불의 순환 구조로, 공간의 폭이 넓어졌다가 다시 제자리로 회귀한다. 위의 과정은 어쩌면 인간의 생애가 변화하거나 발전하는 과정과도 겹쳐진다. 결국 나이를 먹으면서 다시 최초의 '(옛적) 램프 불'로 돌아오는 이 순환의 구조는 다채로운 불꽃 이미지의 순환을 통해서 "재봉틀을 돌리는 젊은 어머니와/실을 감는 주름진 할머니의/실루엣"이 세상의 전부라는 깨달음의 경지에 이른다.

램프 밑에서는 어머니와 할머니의 서정적인 실루엣이 등장하지만, '칸델라 불' 아래에서의 기억은 '주정하는 험상궂은 금점꾼들' 그리고 '(품값에 대한) 셈이 늦는다고 몰려와 생떼를 쓰는 그들 아내의 모습'만이 지금도 도드라진다. 이를 보면 시적 자아의 세상에 대한 추억은 긍정적이거나 아름다운 것만 존재하지 않는다.

시적 자아의 기억이 확장되어 가는 과정을 보자. 소년 시절에는 전등불 아래 가설극장으로 시야가 넓어지고, 더 자라서는 대처로 나와서 더 많은 것을 듣고 보고 다니고 세상의 즐거움도 알았다. 그러나 시간이 지날수록 역설적으로 오히려 세상은 더 좁아지고, 램프 불 밑에서 재봉틀 돌리는 젊은 어머니와 주름진 할머니가 세상의 전부가 되었으며, 결국 어머니와 할머니의 '실루엣'만이 뚜렷이 남는다. 여기서 '실루엣'은 유년기에 대한 그리움이자 모성애로의 회귀를 의미하는데, 이는 "현실에 대한 불신을 모성애로의 회귀를 통해 치유한다"라는 평가 또한 같은 맥락에서 이해될 수 있다. 평화도 비극도 아닌 한 평범한 가족의 자취를 통해 우리는 아무리 커다란 성취를 이뤘다고 해도 결코 피해서 갈 수 없는 삶의 순환 논리를 새삼 되돌아보게 된다.

하지만 곁에 있던 가족들을 모두 떠나보내고 나서, 시인은 혼자 남아 고향의 '더디게 자라는 느티나무 아래'에서 회상을 통해 삶의 깊은 의미를 깨닫게 된다.

할아버지는 두루마기에 지팡이를 짚고
훠이 훠이 바람처럼 팔도를 도는 것이 꿈이었다
집에서 장터까지 장터에서 집까지 비칠걸음을 치다가
느티나무 한 그루를 심고 개울을 건너가 묻혔다
할머니는 산을 넘어 대처로 나가 살겠노라 노래 삼았다.
가마솥을 장터까지 끌고 나가 틀 국숫집을 하다가
느티나무가 다섯 자쯤 자라자 할아버지 곁에 가 묻혔다
아버지는 큰돈을 잡겠다고 늘 허황했다
광산으로 험한 장사로 노다지를 찾아 허둥댄 끝에
안양 비산리 산비알입에 중풍으로 쓰러져 앓다가
터덜대는 장의차에 실려 할아버지 발치에 가 누웠다
그 사이 느티나무는 겨우 또 다섯 자가 자랐다
내 꿈은 좁아빠진 느티나무 그늘에서 벗어나는 것이었다
그래서 강을 건너고 산을 넘어 힘껏 내달려 스스로
할아버지 할머니와 아버지와 다른 사람이 되었다
나는 그런 자신이 늘 대견하고 흐뭇했다
하지만 나도 마침내 산을 넘어 강을 건너 하릴없이

할아버지와 할머니와 아버지 발치에 가 묻힐 때가 되었다.
나는 그것이 싫어 들입다 내달리지만
느티나무는 더디게만 자란다

- 「더딘 느티나무」 전문

시적 자아는 고향의 오래된 느티나무 아래에서 고인이 된 할아버지와 할머니와 아버지를 차례로 떠올린다. 시에서 인물 중심의 서사 전개가 군더더기 없이 빠르게 전개된다. 할아버지는 "두루마기에 지팡이를 짚고/훠이 훠이 바람처럼 팔도를 도는 것이 꿈이었(지만)/집에서 장터까지 장터에서 집까지 비칠걸음을 치다가/느티나무 한 그루를 심고 개울을 건너가 묻혔"을 뿐이다. 할머니 또한 "산을 넘어 대처로 나가 살겠노라 노래 삼았다/가마솥을 장터까지 끌고 나가 틀국수 집을 하다가/느티나무가 다섯 자쯤 자라자 할아버지 곁에 가 묻혔"다. 아버지는 "큰돈을 잡겠다며 늘 허황했다/광산으로 험한 장사로 노다지를 찾아 허둥댄 끝에/안양 비산리 산비알집에 중풍으로 쓰러져 앓다가/터덜대는 장의차에 실려 할아버지 발치에 가 누웠다"한 인간의 생애로 치자면 수십 년의 시간이지만 오랜 시간처럼 느껴지는 그 세월 동안 "느티나무는 겨우 또 다섯 자가 자랐을" 뿐이다. 자연의 긴 흐름에 비교하면 발버둥 치며 무엇을 이겨야 살아남을 것처럼 악다구니로 살았던 사람이라 할지라도 겨우 느티나무가 다섯 자 정도 자랄 시간만큼밖에 못 살고 삶을 마감한다는 깨달음이다. 여기서 시인은 먼저 세상을 떠난 가족들의 죽음에 대해서만 의미를 부여하려 하지 않는다.

이에 비해, 시적 자아인 나는 어떤가? 나는 그래도 앞선 가족들보다는 현명하다는 듯이 그들을 넘어서려 애쓰고 살았다. 그래서, "내 꿈은 좁아빠진 느티나무 그늘에서 벗어나는 것이었다/그래서 강을 건너고 산을 넘어 힘껏 내달려 스스로

/할아버지와 할머니와 아버지와 다른 사람이 되었다/나는 그런 자신이 늘 대견하고 흐뭇했다"이로써 시적 자아는 그들을 뛰어넘는 가업을 이뤘다고 자부했다. 그러나 "하지만 나도 마침내 산을 넘어 강을 건너 하릴없이/할아버지와 할머니와 아버지 발치에 가 묻힐 때가 되"자 비로소 삶의 유한성을 깨닫게 된다. 시인은 그동안의 삶을 되돌아보며, 결국 자기 죽음에 대해 사유하게 된다. 시적 자아 역시 시간의 굴레, 삶의 유한성에 결박된 존재임을 깨닫게 되는 것이다. 시의 마지막 구절 "나는 그것이 싫어 들입다 내달리지만/느티나무는 더디게만 자란다"라는 거대한 자연 앞에서 더욱 왜소해 보이는 인간 삶의 유한성을 선명하게 깨닫게 하는 대목이다. 이 시는 인간이 피할 수 없는 자연의 순환 논리에 속해 있다는 근원적인 진리를 일깨워준다고 볼 수 있다.

이처럼 신경림 후기 시에서 가족을 통해 삶의 주변을 돌아보는 작품들은 가난을 미화하거나 과거의 비극을 지금의 관점에서 낭만화하려 하지도 않는다. 오히려 비극과 비참한 모습이 가감 없이 묘사되고, 독자들에게 담담하게 판단을 제시하는 식이다. '삶에 뿌리박힌 시'를 쓰려는 신경림의 태도가 이러한 작품 경향으로 변화한 것이다. 신경림이 둘러본 가족과 가족사에 얽힌 이야기를 형상화해 낸 작품들은 삶의 유한성을 넘어 근원의 세계로의 지향을 의미한다.

2) 작은 이웃을 향한 시선

앞선 1항에서 진보적 이상은 후경화 되고, 삶에 뿌리박고 사는 사람들의 소소한 삶의 이야기와 장면들이 본격적으로 그려진 작품들, 그중에서도 가족의 이야기가 담긴 작품들을 중점적으로 살펴보았다면, 이번에는 작은 이웃이 어떻게 그려지며, 시적 세계가 확장되는지 살펴볼 것이다.

신경림의 후기 시에서 작은 이웃에 대한 의미는 앞에서도 언급되었지만, 여기서 선행 연구자 조효주의 견해를 재고할 필요가 있겠다. 그는, "'작은 이웃'이란 가까이 사는 의미의 이웃을 지칭하는 것이 아니라, 힘없고 가난하며 밑바닥에서 힘겹게 삶을 영위해 가는 사회적 약자이면서, 민중을 이루는 가장 작은 단위로서의 개별자를 말한다."라고 했다. 곧 "작은 이웃은 시적 자아에게 있어 민중이라는 집단 내에서 이해되는 존재가 아니라 한 개인으로서 주체에게 다가오는 다자적인 존재를 말하며, 주체가 사랑과 연민으로써 감싸안아야 할 대상이다."라고 했다. 이 연구에서, 신경림의 후기 시에서 작은 이웃이란 시적 자아인 나가 대상화된 자아를 성찰하는 가운데, 시적 자아인 나는 자기반성의 과정을 통해서 잘못된 자신을 바로잡고, 나의 정체성을 회복함으로써 윤리적인 주체로 거듭나게 되며, 바로 그 계기를 제공하는 것이다. 따라서 신경림은 후기 시에서는 이데올로기적 관점에서 벗어나 작은 이웃에 대한 재발견을 통해 진정한 의미의 가난하고 소외된 약자를 재인식하게 된다.

이병훈은 시집 『쓰러진 자의 꿈』(1993년) 발문에서, "가난한 사람들의 설움과 자연의 순리를 벗 삼으며, 참된 시인의 길을 걷고 계신 선생의 지극한 마음에서 우러나오는 것이리라. 그리고 그 겸손함과 소박함에서 나오는 자기 절제와 질박함이 주는 은은한 아름다움과 힘이 바로 신경림 시인의 독특한 인생관이요, 미학인 것이다."라고 했다. 이 평에 근거하면, 신경림의 후기 시에서 시적 대상인 가난한 사람들에 대한 아픔에 대한 재인식을 통해 새로운 삶의 미학을 동시에 제시하고 있다. 신경림에게 시를 쓰는 일은 시대를 앞서나간 영웅이나, 시대의 순교자를 다루는 일이 아니라 오히려 같은 시대를 산 이름 없고 소소한 사람들의 진솔한 삶의 이야기를 담아내는 일이었다. 특히 진보적 이념이나 이상이 상실된 시대 이후, 신경림 시인이 더욱 관심을 두고 시적 관찰의 대상으로 삼은 대상은 여전히 이름 없는 이웃과 그들의 삶이었다. 특히 전기와 중기 시에 비해서 개별자로서의 작은 존재, 작은 이웃에 관한 관심은 신경림 후기 시를 특징짓는 중요한 대목이다.

시인의 소년 시절에 연민의 대상인 '그 애'가 있었다. 세월이 흘러 시인만큼 늙어버린 '그 애'에 대한 고단한 삶의 여정이 마치 한 편의 드라마처럼 빠르게 펼쳐진다.

이웃 가게들이 다 불을 끄고 문을 닫고 난 뒤까지도 그 애는 책을 읽거나 수를 놓으면서 점방에 앉아 있었다. 내가 멀리서 바라보며 서 있는 학교 마당 가에는 하얀 찔레꽃이 피어 있었다. 찔레꽃 향기는 그 애한테서 바람을 타고 길을 건넜다.

꽃이 지고 찔레가 여물고 빨간 열매가 맺히기 전에 전쟁이 나고 그 애네 가게는 문이 닫혔다. 그 애가 간 곳을 아는 사람은 없었다.

오랫동안 그 애를 찾아 헤매었나 보다. 그리고 언제부턴가 그 애가 보이기 시작했다. 강나루 분교에서, 아이들 앞에서 날렵하게 몸을 날리는 그 애가 보였다. 산골읍 우체국에서, 두꺼운 봉투에 우표를 붙이는 그 애가 보였다. 활석 광산 뙤약볕 아래서, 힘겹게 돌을 깨는 그 애가 보였다. 서울의 뒷골목에서, 항구의 술집에서, 읍내의 건어물점에서, 그 애를 거듭 보면서 세월은 가고, 나는 늙었다. 엄마가 되어 있는, 할머니가 되어 있는, 아직도 나를 잊지! 않고 있는 그 애를 보면서 세월은 가고, 나는 늙었다.

하얀 찔레꽃은 피고,
또 지고

- 「찔레꽃은 피고」 전문


　이 시는 시인이 소년이었을 때, 이성에 막 눈뜨기 시작한 시절 고향에서 함께 자란 '소녀'의 전 생애가 관찰자인 시인의 눈을 통해 파노라마처럼 전개되고 있다. 따라서 신경림의 시대적 삶도 함께 전개된다.

　그 애의 모습이 해방 전후의 세월에는 "하얀 찔레꽃이 피어 있(고), 찔레꽃 향기는 그 애한테서 바람을 타고 길을 건너오는" 평화로운 서정이 제시된다. 6.25 전쟁을 거치면서부터 그 애의 삶은 격랑에 휘말리게 된다. 이 역사적 광풍에 그 애의 집 가게는 문이 닫혔고, 누구도 그 애가 간 곳을 아는 사람이 없었다. 시적 자아가 오랫동안 그 애를 찾아 헤매었는데, 언제부터인가 그 애가 수시로 보이기 시작했다. "강나루 분교에서, 아이들 앞에서 날렵하게 몸을 날리는 그 애가" "산골읍 우체국에서" "활석 광산 뙤약볕 아래서 힘겹게 돌을 깨는 그 애가" "서울의 뒷골목에서" "항구의 술집에서" "읍내의 건어물전에서"… 이렇게 그 애의 파란만장한 삶의 여정이 드라마처럼 전개된다. 서사 구조로 치면 이는 장편소설 구조의 서사다. 시적 자아가 그 애의 모습을 보는 동안 시간의 흐름에 따라 소녀는 여인이 되었고 급기야 할머니가 되었다. 세월이 흐르는 동안 그 애도 시인도 함께 늙어버린 것이다.

　그 애는 시에서 첫사랑의 대상이자, 아름다움을 상기시키는 구체적 등장인물이었다. 하지만 짧은 만남은 속절없이 시대의 격랑으로 인해 잊히고, 그 애는 동경과 꿈, 그리움과 이상이라는 추상의 대상으로 변화하며, 시적 자아의 내면에 깊이 자리 잡게 된다. 하지만 "언젠가부턴가 그 애가 (눈에) 보이기 시작"한다. 물론 그 애는 여전히 추상적이고 아득히 먼 곳에서가 아니라 일상의 소소한 생활의 구체적인 공간에서 발견된다. 또한 시간이 정지된 채, 그 애의 모습이 그대로 남아 있는 것이 아니라 시간의 흐름과 함께 자연스럽게 나이를 먹고 시적 자아가 늙듯이 그 애도 늙어가는 모습으로 거듭 재발견된다. 즉, '피고 지고'를 반복하는 찔레꽃처럼 자연스럽게 변화하며, 삶에 깊이 뿌리박고 살아가는 존재로 형상화된다. 이렇게, 인용 시는 신경림의 후기 시에 등장하는 작은 이웃의 정체가 무엇인지, 시의 지향점이 무엇인지를 잘 보여주는 작품이라 할 수 있다.

다음의 작품 또한 신경림이 관심을 두는 작은 이웃이 어떤 존재인지 잘 보여주는 시다.


그에게는 따듯한 봄날의 기억이 없다
그저 늘 추웠다.
시집가서 아들딸 낳고 키워 시집 장가보내고
서방 잃고
아들딸 따라서 사글셋방 전셋집 떠돌면서
종잇장처럼 가벼워졌다가
마침내 폐지로 버려졌다.

폐지 더미 실은 수레를
딸이 밀고 언덕을 올라가고 있다.
에미를 닮아 허리가 굽고 주름이 깊다.
그는 폐지 위에 쓰인 글귀를 입속으로 읽는다.
마음이 가난한 자는 복이 있나니……
에미가 평소에 버릇처럼 뇌던 말을 발견하고 그는 반갑다.
오늘 아침 집이 헐렸지만
중년의 아들은 직장에서 쫓겨났지만
그는 폐지로 바뀐 에미를 실은 수레를 밀면서

행복하다.

마음이 가난한 자는 복이 있나니.

　－「마음이 가난한 자는 복이 있나니」 전문


　인용 시에 등장하는 그는 그야말로 고된 삶의 이력을 간직한 작은 이웃이다. 1연은, 아들딸 잘 키워서 시집 장가를 보냈지만, 가난에서 벗어나지 못했고, 사글셋방을 전전하다가 늙어 "폐지"로 '버려진 삶'을 살았다. "폐지"는 그가 살아온 삶에 대한 은유지만 이 현실에서 그가 받은 인간 대접이 그 정도에 그쳤음을 사실적인 이미지로 보여주는 구체적인 소재이기도 하다.

　2연에서 "폐지 더미를 실은 수레를/딸이 밀고 언덕을 올라가고 있다/에미를 닮아 허리가 굽고 주름이 깊다./그는 폐지 위에 쓰인 글귀를 입속으로 읽는다"라는 구절을 따라가면 작은 혼란이 발생한다. "그"가 남성인지 여성인지 선명하지 않다는 것이 첫 번째 이유이고, 1연에서 그가 이미 죽어 '폐지'로 버려졌다고 했을 때, 2연에서 수레를 밀고 딸이 올라가는 장면을 보고 서술하는 시적 자아가 누구인지, 그가 이승과 저승 중 어느 곳에서 이 장면을 보고 있는 것인지 선명하지 않기 때문이다.

　중요한 것은 한 번도 "따뜻한 봄날"을 경험해 보지 못하고 힘들게만 살다가 죽은(것처럼 보이는) 시적 화자가, 딸이 밀고 가는 수레를 같이 밀어주면서 폐지에 쓰여 있는 글귀, 곧 "마음이 가난한 자는 복이 있나니"라는 성경의 구절을 떠올리며 행복해한다는 데에 있다. 도저히 행복할 수 없는 서글픈 삶의 풍경에 다른 어조를 덧씌워서 아이러니하게도 시적 장면의 아픔과 슬픔은 배가된다. "마음이 가난한 자"는 바로 힘겹게 살아온 "그"를 말하는 것이고, 그가 죽은 뒤에도 여전히 가난하게 살아가는 그의 아들과 딸을 가리키는 것이기도 하다. 여기서 후기 자본주의 사회의 구조적인 모순 '가난의 대물림(굴레)'이라는 비극성이 떠오른다. 이들이 모두 행복하다고 느낀다면 정말 얼마나 좋겠는가. 그렇지 않고 이들이 끝내 가난하게 살지도 모른다는 전망을 피할 길이 없기에 "마음이 가난한 자는 복이 있나니"라는 시 구절이 간절한 소망이 담긴 주문처럼 들리기도 한다. 이처럼 우리 주변의 소외되고 연약한 존재들, 가난하고 힘겨운 삶을 살아가는 존재들이야말로 신경림의 후기 시에서 발견되는 작은 이웃이라고 할 수 있다. 시인은 그런 존재들을 연민 어린 시선으로 바라본다. 진보적 이상이나 거시 담론의 이데올로기가 아니라 존재 그 자체의 현실에 뿌리박힌 삶을 구체적이면서도 사실적으로 담아내는 이런 작품들을 통해 시인은 작은 이웃들의 삶에 관심을 기울이고, 기록하며, 결국 우리가 살아가야 할 세상이 이처럼 작은 이웃들이 서로를 이해하고 긍정하며 살아가는 길밖에 없음을 선명하게 보여주는 것이다.

적막해진 거리에서 추억에 젖는 다음의 시를 읽다 보면 작은 이웃들의 관점에 서라면 세상이 좋아졌다고 하지만, 과연 무엇이 얼마나 바뀌었다고 할 수 있는지 의문을 품게 된다. 이렇게 보면 신경림의 중기 시에 등장했던 민중이 개인으로서의 고유한 개성이나 의미보다는 특정 집단을 대신하는 의미로서 형상화되었다면, 후기 시에서는 이처럼 집단의 전형성을 반영하는 개인이라기보다는 개인의 특수성, 삶의 다양하고 생생한 질감을 드러내는 쪽으로 변화했다는 특징을 짚어낼 수 있을 것이다. 다음의 시는 작은 이웃을 통해 우리 사회 현실과 공동체의 여전한 모순을 반성하게 한다는 점에서 주목할 만하다.

충무로 사가 파출소 옆
지금 우리가 노래를 부르고 있는 이 노래방은
내가 유단뽀를 끌어안고 누워 카와까미 하지메의
『가난 이야기』를 읽던 6조 다다미방이다

50년대 중엽, 통금 사이렌 소리에 맞추어
을지로를 지나는 마지막 전차가 경적을 울리고
단팥죽 사려 소리가 사라지던 골목
사람들의 왕래가 뜸한 적막한 거리에는
한보 사태에 대통령 아들의 비리와
주체사상 망명의 속보들이 어지럽다
가까이 앉은뱅이 약사의 '며칠 후'를 외는 소리
소주방에서 몰려나오며 거는 핸드폰 소리
……세월이 참 많이도 흘렀다

모짜르트나 브람스를 듣고 나서
몰려가 좁쌀 술들을 마시던 시장바닥
파고다공원 뒤 관훈동, 아직도
빌딩 숲속에 그루터기로 남은 50년대의 그 목로로
민예총 문예아카데미 시간 전 나는 혼자서
천 원짜리 추탕을 먹으러 간다
들떠서 새 세상을 얘기하던 좁은 길에
꿈 대신 들어찬 승용차들
빌딩의 높은 벽 멀티비전의 어지러운 상품광고
길가에 나앉은 늙은 약장수들
추탕 국물을 묻힌 초췌한 수염
발에 밟히는 대통령 퇴진을 요구하는 전단들
……세상이 참 많이도 바뀌었다

홍은동 산동네는 내가 60년대 말

사글세를 살던 곳

공동수도에서 물을 받아 지고 층계를 올라가면

아이를 업은 아내가 덜 마른 연탄에 불을 붙이고 있었지

그래도 문간에 섰던 한 그루 자목련

그 자리엔 스무 층짜리 오피스텔이 섰다

감옥에 간 친구가 넘겨주고 간 책을 읽고 또 읽으며

야윈 주먹을 부르쥐던 그 옛집 터 이층에서

피처로 생맥주를 마시며 지금 나는

감옥에서 나와 중국을 다녀온

친구와 마주 앉았다.


가등이 어두운 비탈길을

힘겹게 올라가는 연탄 수레

달려 내려오는 가스통을 실은 소년의 오토바이

무엇이 달라지고 무엇이 나아졌는가

새장 속의 앵무새까지도 나를 비웃고

불과 물과 가시 속에 새겨진 발자국들을 조롱하는

1997년 봄, 서울

충무로에서 관훈동에서 홍은동에서

내가 얻은 것은 무엇이고

잃은 것은 무엇인가

……세월이 참 많이도 가고

……세월이 참 많이도 바뀌어서


 -「세월이 참 많이도 가고」 전문

『어머니와 할머니의 실루엣』(1998)에 실린 인용 시에서, 시적 자아는 뜨겁게 살았던 지난 세월을 쓸쓸하게 회고한다. 과거로부터 현재로 순차적으로 시간과 공간이 자연스럽게 이동한다. "충무로 사가 파출소 옆/지금 우리가 노래를 부르고 있는 이 노래방은/ 내가 유단뽀를 끌어안고 누워 카와까미 하지메의/『가난 이야기』를 읽던 6조 다다미방이다"라는 구절을 읽으면, 이 시기가 바로 시인이 막 상경한 대학생 시절에 대한 회상임을 알 수 있다. 생애사에서 보듯, 그는 청년 시절에 "'독서회' 모임에 합류했고, 유물사관 철학 서적들을 원서로 구입해서 읽다가 경찰에 연행되던" 시기였고, 시대 상황은 '절망과 분노'의 시기였다. "1950년대 중엽, 통금 사이렌 소리에 맞추어/을지로를 지나는 마지막 전차가 경적을 울리고/ 단팥죽 사려 소리가 사라지던 골목/사람들의 왕래가 뜸한 적막한 거리"를 지나, 1997년 1월에 발생한 '한보철강의 부도 사태'와 이에 관련된 '권력형 금융 부정 및 특혜 대출 비리 사건'에 대한 기억도 섞여 있다. 결국 "지금 이곳에는 과거 전망(꿈) 대신 냉혹한 이기(利器)인 '승용차들…빌딩의 높은 벽 멀티비전의 어지러운 상품광고/길가에 나앉은 늙은 약장수들/추탕 국물을 묻힌 초췌한 수염/발에 밟히는 대통령 퇴진을 요구하는 전단들"이 등장한다. 이어서 "감옥에 간 친구가 넘겨주고 간책을 읽고 또 읽으며/야윈 주먹을 부르쥐던 그 옛 집터 이층에서/피처로 생맥주를 마시며 지금 나는/감옥에서 나와 중국을 다녀온/친구와 마주앉"는 쓸쓸한 장면이 겹치기도 한다.

결국, 이렇게 '홍은동 산1번지'에 많은 변화가 일어나고, 옛 건물들은 사라지고 화려한 건물들이 들어선 현재의 공간과 옛 공간에 얽힌 과거의 기억을 오버랩시키면서 시적 자아의 깨달음은 "(결국) 작은 이웃의 삶은 달라진 것이 없다"라는 사실이다. 이 시에 등장하는 인물들은 예나 지금이나 모두 소외된 자들이다. 한

때 역사 현실에 맞대응하여 목청을 돋우던 이들이며, 여전히 힘없고 가난한 작은 이웃이다. 시적 자아는 자신이 무엇을 얻고 잃었는지 묻고 있지만 이러한 시적 자아 또한 작은 이웃과 크게 다르지 않은 삶을 살아온 터라 이는 나의 문제인 동시에 작은 이웃의 문제이기도 하다는 사실을 쉽게 읽어낼 수 있다.

앞에서 선행 연구의 인용을 통해 신경림의 후기 시에 등장하는 작은 이웃이 "잘못된 자신을 바로잡고, 나의 정체성을 회복함으로써 윤리적인 주체로 거듭나게 되며, 바로 그 계기를 제공"한다고 언급한 바 있다. 이에 동의한다면 "가등이 어두운 비탈길을/힘겹게 올라가는 연탄 수레/달려 내려오는 가스통을 실은 소년의 오토바이"와 같은 구절은 단순히 민중 계급의 고된 삶을 반영하는 정형화된 개인을 그려낸 구절이 아니라 오히려 사실적이고 구체적인 현실에 밀착된 개인의 삶을 성실하게 포착해낸 구절이라고 읽어야 한다. 즉 연탄 수레를 끌고 언덕을 올라가는 사람과 가스통을 실은 오토바이를 운전하는 소년이라는 작은 이웃을 통해, 세상은 살만해지고 많이 바뀌었다고 하지만 여전히 현실의 모순과 빈부 격차를 견뎌야 하는 밑바닥 이웃의 삶에는 변화가 없음을 보여준다. 동시에 시적 자아는 잘못된 자신을 반성하고, "무엇이 달라지고 무엇이 나아졌는가"라는 자기반성의 계기를 만난다. 이 질문은 비단 시적 자아에게만 해당한다기보다는 읽는 독자들에게도 지금 우리 공동체가 제대로 작동하고 있는가 하는 문제에 대해 성찰과 반성의 계기를 제공한다는 점에서 각별한 의미가 있는 것이다.


밤차를 타고 가면서 보면
붉고 푸른빛으로 얼룩진
어둠이 덮은 산동네는 아름답다
밤차를 타고 모두들
그 아름다움에 취해 간다

어둠을 한겹만 들추면 있는

고달픈 삶에 대해서는

아무도 알려 하지 않는다

괴로움 속에 뒤엉켜 있는

사람들의 깊은 말도 모두 잊었다

밤차를 타고 어둠이 덮은

아름다운 산동네에 그냥 취해 간다

거기 살던 사람까지도

거기 살고 있는 사람까지도


- 「밤차를 타고 가면서」 전문


『쓰러진 자의 꿈』(1993)에 실린 인용 시에서 밤차를 타고 가면서 눈길이 멎는 어둠에 덮인 산동네는 아름답게 보인다. 그런데, 이런 산동네는 다름이 아닌 바로 시인이 살았던 곳을 유추한다. 생애사에서 보듯, '홍은동 산1번지'에서 '안양시 비산동 489의 43' '정릉동 동방주택'은 '산동네'는 가난한 시인이 거주한 현실적인 공간이다.

시인은 1970년대 시 「산1 번지」를 통해 "도시 빈민들은 고향에서조차 쫓겨나 서울의 어느 산동네에 겨우 터를 잡고 살아가는 소외의 극단에 도달한 자들"임을 형상화한 적이 있다. 「산 1번지」에서 시적 화자가 들려주는 도시 빈민들의 삶은 마치 다큐멘터리처럼 사실적으로 그려져 있어 신경림 시인의 체험적 삶을 그대로 옮겨놓은 듯한데, 인용 시는 바로 그 「산 1번지」 사람들이 이 시에 다시 등장하는 것처럼 보인다. 물론 완전하게 동일시할 수 없는 것이 당연하지만 고달픈 삶을 살아가는 "사람들"이야말로, 도시 빈민을 포함하여 여전히 우리 주변에서 힘들게 살아가고 있는 가난하고 소외된 사람들, 곧 작은 이웃들이라고 할 수 있을 것이다.

밤차를 탄 사람들은 모두 "그 아름다움에 취해 간다."라는 시 구절을 심층적으로 이해할 필요가 있다. 시적 화자는 한 겹 어둠만 들추면 "고달픈 삶"이 그 너머에서 보인다는 사실을 알고 있으며, 사람들이 이런 사실에 대해 아무도 알고 싶어 하지 않는다는 사실까지도 알고 있다. 이 시에서는 산동네 사람들에 대해서 말하고 있지만, 실은 그 안에 나 자신도 포함한다는 사실을 알 수 있으니, 전형적인 자성적 돌아보기인 셈이다. 이를 통해 시적 화자가 여기에 담으려는 메시지가 분명해진다. 인용 시에서 시적 화자가 서글픈 것은 "괴로움 속에 뒤엉켜 있는 /사람들"이 모두 말을 잊었다는, 체념적인 데에 있다. 고달픈 삶의 실체를 모두 알고 있지만 마치 밤기차를 타고 갈 때만큼은 그 슬픔까지는 알지 못한 채로, 밤의 어둠 속에 기억을 묻은 채로 지나가고 싶은 마음도 함께 읽을 수 있는 것이다. "밤차를 타고 어둠이 덮은/아름다운 산동네에 그냥 취해 간다/거기 살던 사람까지도/거기 살고 있는 사람까지도"라는 구절을 통해 확인할 수 있는 것은 어둠 뒤편에 고된 삶을 살아본 사람들, 심지어는 현재 살고 있는 사람들조차 밤 기차를 탄 지금 이 순간만큼은 잊고 싶어 한다는 점이다. 기차를 탄 이들은 목적지가 같은 방향을 향해 달려가고 있는 삶의 동반자라고 볼 수 있다. 여기서 기차는 우리 사회의 축소판이라 할 수 있다. 돈이 없는 이거나 많은 이거나, 못난 사람이거나 잘난 사람이거나, 한 공간에 실려 가는 운명공동체다. 신경림 시인이 작은 이웃들의 슬픔에 깊이 공감했고, 그런 연민에서만이 가능한 장면이라고 할 수 있다. 지금 짧은 순간의 위로라도 작은 이웃들에 바쳐지기를 바라는 마음은 "아름다운 산동네에 그냥 취해 간다"라는 말 안에 담겨 있다. 그러나 취한 듯 드러나는 슬픔 뒤에는 지속적인 윤리적 책임을 묻는 목소리가 숨어 있다. 즉 신경림의 후기 시에서는 시인 자신의 가족뿐만 아니라 작은 이웃의 구체적인 삶을 생생하게 재현하여 가난하고 소외된 자를 재인식하고 우리들을 작은 이웃의 얼굴에 책임지는 윤리적 주체로 재구성해 내는 것이다.

이상으로 신경림의 후기 시에서 나로부터 시작하여 가족의 삶, 나아가 작은 이웃을 생생하게 재현하고, 이를 통해 이들을 보듬어내면서 자기 스스로가 어떤 삶을 살아야 할 것인지에 대한 성찰을 수행하는 윤리적 주체로서의 고민이 두드러진 작품들을 살펴보았다. 가족과 작은 이웃에 대한 연민 어린 시선은 여전히 따뜻하게 작동된다. 이런 시적 태도는 불행했던 지난 삶이 더 이상 비극적 대상이 아니라 삶의 유한성을 넘어 삶의 보편적 가치를 보여줌으로써 근원의 세계로 확장되는 지점이 될 수도 있음을 보여준다.

이처럼 가족과 작은 이웃을 돌아보는 유형의 시는 후기 시 283편 중 81편에 이른다. (【부록 2】후기 시의 네 가지 분류표 참조)


2. 자연과 현실 아우르기


'자연과 현실을 아우르기' 시 유형을 분석하기 위해서는 먼저 신경림의 서정시에 대한 견해와 자연관에 대해 정리할 필요가 있겠다. 신경림은 "나는 시가 민중을 위한 것이 되고 또 민중의 목소리를 대변해야 하며 민중의 정서를 나타내는 것이어야 한다는 믿음에는 변함이 없다."라고 말했고, 이에 이어서, "시가 읽히지 않고 재미없어진 원인 중에는 서정성을 극복해야 한다고 주장하는 민중 시인들의 판단 착오가 포함됨"을 지적했다. 또, 신경림은 민중 시에서 서정성이 극복되어야 한다는 주장을 반박하면서, "서정시라는 것은 (애초에) 삶에서 나오는 것이고,

생활 자체에서 나오는 것이므로 민중 시에서 서정성이 빠지게 되면 목소리만 높은 시가 된다"라고 했다. 그리고 "시는 슬프고 안타까운 것이며 삶의 세목 속에서 주장해야 한다."라고 했다. 이는 곧 '서정시란 민중의 현실적인 생활이나 삶에서 나오는 것'임을 알 수 있다. 이와 같은 맥락에서 선행 연구자 김성규는 신경림의 후기 시에서 서정성은 시인의 자기 성찰과 인간적 화해를 통해 서정성으로 도출하고 있다고 보았다. 즉, 인간의 삶 속에서 생성되는 서정 세계로 규정하고 있다. 이밖에 많은 평자들이 신경림의 후기 시의 서정성에 대해 '생활 서정''서사 충동적 서정''움직이는 서정''서사성의 끝없는 확대''서정과 서사의 조화' 등 다양성으로 규정할 근거가 되는 셈이다. 여기서 또 한 가지 짚고 넘어가야 할 부분은, 생애사에서 보듯 당시 신경림은 민족문학작가회(현 한국작가회의)를 선도하는 입장에서 시론을 정립하고, 실천하는 입장 있었다는 점이다.

다음은 신경림 시인의 자연관에 관한 것인데, "자연과 인간이 서로를 보충하여 진산진수(眞山眞水)의 경지, 자연과 인간이 어우러진 세계를 만든다."가 핵심이다. 이런 깨달음은 인간의 삶과 자연은 서로 화해(혹은 어우러짐)의 세계를 지향하는 관계로 인식한 것이다. 따라서 인간의 삶과 그 흔적은 자연에 대한 흠집이 아니다. 애초에 신경림은 자연과 인간이 처음부터 서로 구별되지 않은 존재로 보고 있다. 이 같은 견해는 다음의 시의 예에서 확인할 수 있다. "산은 켜로 쌓여/하늘과 닿은 곳 안 보이고/물은 맑은데도 깊이 알 길 없어/이곳이 사람 안 사는 곳인 줄 알았더니/무논에서 개구리 울고/등 너머에서는 멀리 낮닭/홰치는 소리 들리는…" "알겠구나, 산수도/사람의 때 묻어 비로소 아름다워지는 이치를/땀과 눈물로 얼룩진 얘기 있어/깊고 그윽해지는 까닭을…"(「산수도 사람 때 묻어」(부분)) 즉, 신경림 시인에게 자연은 인간이 어우러질 때라야 자연이며, 산수도 사람의 때가 묻어야 비로소 아름다워진다는 이치다. 따라서 신경림의 시에서 온전하게 자연에 대한 음풍농월을 노래한 시란 있을 수 없다. 왜냐하면 신경림의 시는 '인간 삶의 흔적이 얼룩져 있는 자연'을 소재로 다루기 때문이다. 시는 어떤 경우라도 자연과 어우러진 사람의 삶을 이야기해야 한다는 것이다. 이와 연관 지어, 시의 기능적인 측면에서 자연과 시와 관계를 정리할 필요가 있겠다. 범박하게 말해, 코메니우스와 루소가 가장 이상적인 교육을 일러"자연과의 조화와 질서에 따르게 하는 교육"이라고 했다면, 기능적인 측면에서 유용한 시에 대한 정의 또한 이와 크게 다르지 않을 것이다. 자연법사상으로부터 도출된 인간 본성으로서의 자연성은 자유롭고 평등한 상태이며, 이러한 상태의 인간을 그들은 자연인으로 불렀고, 인간은 자연의 원리에 따른 교육만이 도덕적 자유인으로 거듭날 수 있다고 보았다면, 시 역시 자연의 원리에 순응하는 시가 이상적인 인간상을 형성하는 데 도움이 된다고 할 수 있을 것이다. 여기서 신경림의 후기 시의 서정성에 대해 미리 짚을 부분이 있는데, 후기 시에는 이런 시들이 많아졌다는 점이다.

 1) 자연에서 확장된 서정성

 신경림의 후기 시는 자연과 일상에서 만난 구체적인 삶의 현장에서 소재를 발견하고, 사람의 이야기를 포착하여 이를 시인의 깊은 통찰과 사유의 도가니에서 새로운 이야기 서술로 서정적인 세계를 펼쳐 보이는 시가 보편적이다. 그런데, 어떤 시는 사람의 이야기가 은폐된 채 자연 풍경을 드러내는 시가 있다.
 먼저, 풍경화 같은 작품을 보기로 한다.

 달이 시원스레 옷을 벗었다 첨벙첨벙 수로 속에 들어간다 희뿌연 젖가슴을 드러낸 채 멱을 감는다 가없는 옥수수밭에 바람이 인다.

수로에서 나왔지만 옷이 없다 내놓을 수 없는 곳만 손으로 가리고 초가집을 찾아 들어
가 숨는다

달이 초가집 속에 갇혔다 초가집이 환하게 밝다

　* 흑룡강성의 한 조선족 자치향
　- 「달」-*平安鄕에서 전문


　신경림의 후기 시의 특징 중 하나로, 무엇을 어떻게 표현해야겠다는 창작 방법
에 얽매이지 않는 자연스러운 창작 방법에 따른 창작법이다. 그의 이 같은 시적
자세는 새로운 길 찾기와 스스로 깊이 들여다보기 두 양상으로 나타난다. 이는
시인의 '형식으로부터의 자유'와 동시에 '폭넓은 사유의 세계'를 뜻하기도 한다.
이에 따라 신경림의 후기 시는 산문적 경향으로 기울어지며, 사유와 명상의 시적
성향으로 나타나게 된다. 이 두 양상이 나타난 시가 바로 위의 시다.
　위의 시에서 먼저 눈에 띄는 것은 외형적으로 형식 파괴다. 종결어미 ~다 끝에
마침표(.)가 올 곳에 마침표가 없다. 이에 대해 선행 연구자 이병훈은 "감정을 이
입시키지 않고" 자연 풍경 자체가 한 편의 시라고 느꼈기 때문"이며, 이를 통해
"환한 달빛 아래 환한 풍경화 한 장을, 그리고 감동적으로 독자들의 시선 속으로
신속하게 빨려 들어가게 하기 위한 방편"으로 설명하고 있다.
　전반에는 여인으로 의인화된 달이 수로에 뛰어드는 장면이고, 후반은 수로에서
나온 여인이 부끄러운 곳만 가린 채 초가집으로 몸을 숨기는 장면으로 한 폭의
서경화(敍景畵)가 완성된다. 신경림의 후기 시의 특징 중 하나로 연구자 이병훈은
"마치 자연과 인간의 이치를 전해 듣고 그대로 옮겨놓은 듯, 자의적인 구석이 없
이 자연스럽다."라는 평에 걸맞은 시다. 이 같은 결과로 빚어진 풍경이 바로 달

의 숨결이 흐뭇이 녹아 흐르는 정중동(停中動)의 달밤 풍경화이다.

다음 시는 달빛 아래 '적나라하게' 드러난 '인간 원죄(아총)'의 모습을 상정한 시이다.


천둥번개가 치고 큰물이 가면서 산허리를 동강을 냈다. 벌겋게 내장이 드러났다. 헌 옷가지가 창자처럼 꼬여 있다. 앙증맞게 작은 뼈와 해골들이 뒤섞여 나온다.


내가 몰래 묻은 불륜의 씨앗들이 달빛에 하얗게 빛난다.


- 「아총(兒塚)」 전문


이 2행의 짧은 시는 시집 『뿔』에 실린 시로, 형식이 파괴되었고, 은유화된 서사가 극단적으로 절제된 시어로 서술되었다.

사람들이 마을을 이루고 살게 되면서 마을로부터 멀리 떨어진 그곳에 상엿집을 짓고, 무덤은 더 외진 곳에 자리한다. 상엿집에는 일반적으로 음험한 귀신이 자리 잡는다.

일반 무덤보다 더 외진 곳에 '아총(兒塚, 아장)'은 더 은밀하게 자리하게 된다. 그러나 아총이 상엿집보다 사람들 눈에 띄지 않는 이유는 극히 은밀하게 은닉된 이야기(혹은 사연)로 생성되기 때문이다. 물론 병으로 명을 채우지 못한 자연사한 아이의 무덤도 이곳에 있을 수 있지만, 더 은밀하게 '은닉한 사연'에 의해, 탯줄이 달린 사체가 묻히기도 한다. 낙태는 대개 불륜이나 원죄의 사연을 동반하는 경우가 많아서, 당자나 당사자의 '가슴'에 묻는 경우도 많다. '아총'의 기구하거나 은밀한 이야기는 당자나 당사자의 의도대로 영원히 묻히는 경우가 대부분이다. 그런데, 인용 시를 보면 "천둥번개가 치고 큰물이 가면서 산허리를 동강 냈다.

(산이) 벌겋게 내장이 드러났다."라고 했다. 영원히 묻힐(사라질 뻔한) 원죄의 비밀이 자연재해로 세상에 드러나게 된 것이다. 눈앞에 드러난 참상은 어떤가. "헌 옷가지가 창자처럼 꼬여 있고" "앙증맞게 작은 뼈와 해골들이 뒤섞여 나온다." 이는 눈앞에 불쑥 모습을 드러낸 원죄의 참상이다. 곧, 저 은밀한 시간 너머 원죄의 사연이 은닉된 채 '창자처럼 꼬여' 드러나게 된 것이다. 이 같은 유추에 대한 근거는 연 바뀜으로 쉼표를 찍은 뒤 바로 이어진다. "내가 몰래 묻은 불륜의 씨앗들이 달빛에 하얗게 빛난다." 그러면 '나 혹은 우리'가 묻은 "불륜의 씨앗들" 이란 무엇인가. 여기서 '씨앗'은 단수가 아닌 복수로 '씨앗들'이라 했다. 그렇다면 이 세상에서 무수하게 자행된 은밀한 원죄를 의미한다. 그런데, 이 원죄는 '햇살 아래'가 아닌 '달빛에'라면 원죄는 어떻게도 감출 수 없는 원죄 의식을 일깨워주려는 의도로 봐야 할 것이다. 이는 자연의 순리를 거스르고 살아가는 인간 원죄 의식을 시적 자아의 명상이나 깨달음을 통해 끌어내고 있다.

기행 시 「두메양귀비」는 겨레의 영산(靈山) 백두산 고지대에서 피는 두메양귀비를 소재로 쓴 시이다. 두메양귀비는 7월 중순에서 8월 초순 사이에 백두산 천지에서 피는 꽃이니 우리나라를 기준으로 보면 가장 고지대에서 피는 꽃이다.


1

날이 흐려 걱정했는데 지프차를 타고 천문봉에 이르니 발아래로 천지가 말갛게 온몸을 드러내 보이고 있다. 때맞추어 구름 사이로 막 지던 해가 옷을 조금 열어 몸 한 부분을 살짝 보여주기도 한다. 저녁을 먹고 기상대에서 잠시 눈을 붙였다가 별을 보겠다고 나와 보니 하늘은 두껍게 구름으로 덮였다. 아침에도 하늘은 잠깐 뜨는 해만 보여줬다가 완강하게 구름으로 몸을 덮는다. 해가 지고 뜨는 곳이 지척인 것이 놀랍다.


2

서울서 장마가 시작되는 것을 보고 떠났는데 이곳은 봄이 한창이다. 산록이 온통 연초록의 비단으로 덮였고 그 비단을 붉고 희고 노란 들꽃이 수놓았다. 그 갖가지 꽃들 중에서 나는 굳이 녹황색의 두메양귀비를 찾아본다. 백두산 밤하늘의 별들한테 듣지 못한 얘기들을 그것들이 대신 들려준다고 해서다. 갑자기 구름 사이로 쏟아진 햇살이 꽃밭을 훑고 간다. 뜰 수 없을 만큼 눈이 부시다.


3

백두산을 내려와 연변으로 이동하는 버스 안에서 처녀 가이드는 외할머니가 고국을 떠나면서 외할아버지를 잃고 다른 외할아버지를 만나 정착한 사연을 옛말하듯 들려준다. 개방 후 외할머니가 옛 형제들을 만나는 재회와 갈등 사연도 눈물겹다. 그녀의 얘기를 들으면서 나는 줄곧 두메양귀비를 생각했다. 어쩌면 그 꽃은 힘겹게 백두대간을 타고 올라와 이곳에 피면서, 늘 남쪽으로 머리를 두고 울고 있을 것 같았다.


4

오락가락하던 비가 멎고 구름이 갈라지더니 동쪽 하늘에 쌍무지개가 떴다. 무지개는 산과 마을을 바꿔가면서 우리를 쫓아온다. 초승달도 구름으로 얼굴을 덮었다 벗었다를 되풀이한다. 별들이 다닥다닥 붙은 백두산의 하늘은 끝내 펼쳐지지 않고 대신 떴다 감았다 하는 눈앞에 수천수만송이의 녹황색 두메양귀비만 어른거린다.

- 「두메양귀비」전문


두메양귀비는 양귀비 과에 속하는 두 해살이 식물로, 백두산의 1500~2500m 사이 고지대 화산석 사이에서 무리 지어 자라는 꽃이다. 일명 조선앵속, 또는 두메아편꽃이라고도 불린다. 이 시는 연변 쪽에서 오른 백두산 기행 시인데, 고지대에서 자라 꽃을 피우는 '자연 서정'보다 '두메양귀비에 얽힌 사연'을 더 무게 있게 다루고 있다. 신경림 시인에게 '낭만적인 자연 서정'이 아니라 '사람의 사연이 얼룩진 자연 서정'의 특징을 잘 보여주는 시로 볼 수 있다. 먼저, 변화무쌍한 백두산 환경을 눈에 보이는 대로 사실적으로 서술하고 있다. 날이 흐려서 백두산 기행이 가능할까 걱정했는데, 지프차를 타고 천문봉에 이르니 "발아래로 천지가 맑갛게 온몸을 드러내 보이고 있다.", "때맞추어 구름 사이로 막 지던 해가 옷을 조금 열어 몸 한 부분을 살짝 보여주기도 한다."라는 서술은 아름다운 자연이다. 어젯밤에 "저녁을 먹고 기상대에서 잠시 눈을 붙였다가 별을 보겠다"라고 숙소를 나왔지만 아쉽게도 "하늘은 두껍게 구름으로 덮여서" 별을 보지 못했다.

"서울서 장마가 시작되는 것을 보고 떠났는데 이곳은 (절기가 늦어) 봄이 한창"이다. "산록이 온통 연초록의 비단으로 덮였고" "그 비단을 (덮고) 붉고 희고 노란 들꽃이 수놓았다."라는 청정지역 백두산의 자연에서 피는 봄 들꽃들의 아름다운 세상이다. 시적 자아는 그중에 "그 갖가지 꽃 중에서 나는 굳이 녹황색의 두메양귀비를 찾아본다." 왜냐하면 "백두산 밤하늘의 별들한테 듣지 못한 얘기들을 그것들이 대신 들려준다"라고 했기 때문이다. 그렇다면 별들에게 듣지 못한 얘기(사연)란 대체 무엇일까. 시인은 서사 작가의 글쓰기 기법처럼 불쑥 궁금증을 던져놓는다. "갑자기 구름 사이로 쏟아진 햇살이 꽃밭을 훑고 간다. (눈을) 뜰 수 없을 만큼 눈이 부시다." 시인은 여전히 두메양귀비에 대해 어떤 언급도 없다. '얘기'가 장면 전환과 함께 바로 연결되기 때문이다. 곧, 백두산에서 내려와 연변으로 이동하는 버스 안에서 조선족 처녀 가이드는 "외할머니가 고국을 떠나면서 외할아버지를 잃고 다른 외할아버지를 만나 정착한 사연을 옛말하듯" 들려준다. 북한과 중국의 문호가 개방된 뒷날, 그녀의 외할머니가 자신이 떠나온 북한에 사는 옛 형제들과 재회하는 장면과 갈등의 사연에 대해 시적 자아는 '눈물겹다'라고 했다. 처녀 가이드의 유이민사의 가슴 아픈 이야기를 들으면서 "나는 줄곧 백두산의 '두메양귀비'를 생각했다."라고 했다. 왜일까. 외할머니와 백두산의 두메양귀비를 '제 땅을 떠나 낯선 땅에 뿌리 내리고 산 유이민 이야기'를 지닌 꽃으로 보았기 때문이다. 이는 "어쩌면 그 꽃은 힘겹게 백두대간을 타고 올라와 이곳에 피면서"에서 유추된 시상 때문이다. 그래서 두메양귀비의 장관을 "늘 (두고온) 남쪽으로 머리를 두고 울고 있을 것 같았다."라고 보게 된다. 시적 자아가 이런 유이민의 아픔을 생각하는 동안 "오락가락하던 비가 멎고 구름이 갈라지더니 동쪽 하늘에 쌍무지개가" 뜬다. 무지개. 거기다 쌍무지개는 행운이다. 낯선 땅의 자연 묘사로 서정의 세계가 계속 펼쳐진다. "무지개는 산과 마을을 바꿔가면서 우리를 쫓아온다." "초승달도 구름으로 얼굴을 덮었다 벗었다를 되풀이한다." 그렇지만 시적 자아가 전날부터 고대했던 '별들이 다닥다닥 붙은 백두산 하늘의 별'은 끝내 눈앞에 펼쳐지지 않고 대신 아픈 유이민의 아픈 사연을 담은 "수천수만 송이의 녹황색 두메양귀비"의 장관이 눈앞에 출렁인다. 시인은 백두산 고지대에 피는 자연물 두메양귀비에서 유이민의 '가슴 아픈 이야기'를 담아 깊은 서정 세계를 펼쳐놓았다.

다음은 삶의 흔적을 지워가면서 자연에 동화되거나, 자연으로 회귀해 가는 서정시가 있다.


생 울타리에는 참새가 떼 지어 살고
쌀광 속에는 구렁이가 웅크렸다.
울 안은 작약이며 황매로 치장을 하고
너저분한 쓰레기며 잡동사니는
화려한 줄장미로 감추었다.
낮에는 참새 떼가 주인 행세를 하지만
밤이면 구렁이가 그 자리를 차고앉아

좀처럼 비켜주지 않는

나는 모르겠다, 이 집이
내가 살고 있는 집인가를.
어느새 그것이 내 속에 들어와
쌀광 속의 구렁이처럼
또아리를 틀었으니.

   - 「집」 전문


　위 시 「집」은 구렁이와 참새가 주인이 되어 사는 '빈 집'에 대해 사유와 명상으로 빚어낸 시다. "생 울타리에는 참새가 떼 지어 살고/쌀광 속에는 구렁이가 웅크렸다./울 안은 작약이며 황매로 치장을 하고/너저분한 쓰레기며 잡동사니는/화려한 줄장미로 감추었다."는 인간이 빚어놓은 집이 점차 자연으로 회귀해 가는 모습이다. 이는 머지않아 남아 있는 문명의 흔적마저 자연으로 동화될 것이다. 온전한 자연의 모습은 "낮에는 참새 떼가 주인 행세를 하지만/밤이면 구렁이가 그 자리를 차고 앉아 있"는 자연 풍경이다. 밤과 낮의 변화에 따라 주인이 바뀌는 자연현상을 순환의 원리처럼 보여주고 있다. 이 시는 마지막 연에서 반전을 제시한다. '이 집'이 바로 지금 자신이 살고 있는 집이다. 이는 내가 이미 순환하는 자연 속에 속해 있다는 뜻이다. 이는 자연과 인간의 구별이 없는 합일과 소통의 세계를 지향한다.
　다음은 자연과 사람의 일상이 어우러진 시이다.


아침마다 나는 달려나간다

힘껏 자리를 박차고

전철을 타고
버스를 타고
기차를 타고

햇빛에 취한다 바람에 취한다
나무와 돌과 꽃에 취한다
흙과 물과 새소리에 취한다

나는 돌아온다 밤마다 지친 어깨로
팔다리를 친친 동인 밧줄에 이끌려

기차를 타고
버스를 타고
전철을 타고

옛날로 가는 어두운 길이 보인다
부끄러운 내 젊은 날이 보인다
어리석은 내 목소리가 들린다

붉은 노을 속에
까마귀들이 우짖는

힘껏 자리를 박차고

아침마다 나는 달려나가지만

목과 가슴을 옭아맨 밧줄에 매달려

-「밧줄」전문


이 시는 크게 "아침마다 나는 달려나간다"와 "나는 돌아온다"라는 '떠남과 회귀'의 구조이다. 승차한 뒤에 시적 자아의 눈앞에 전개된 외부의 세계, 그리고 여기서 만나게 되는 원형적(原型的) 자연에서 시 의식 세계의 확장을 보여준다. 그리고 돌아오는 여정에서 눈앞에 펼쳐진 세계는 "옛날로 가는 어두운 길"이라거나 "부끄러운 내 젊은 날" 혹은 "어리석은 내 목소리가"가 "보이고 들린다."라고 했다. 이는 시적 자아가 세상을 살면서 남겨놓은 '삶의 얼룩'을 회고하는 자기 성찰적 명상이다. '우리'가 아침마다 힘껏 자리를 박차고 달려 나가지만 이는 "목과 가슴을 밧줄에 옭아맨" 왜소한 현대인의 애처로운 모습을 유추하는데, 그 세계로 떠나는 시적 자아의 행위는 근원적이고 원초적인 세계로의 회귀 의식으로 볼 수 있다.

이보다 더 환상적이고 더 원초적인 세계를 펼쳐 보이는 시가 있다.


외진 별정우체국에 무엇인가를 놓고 온 것 같다

어느 삭막한 간이역에 누군가를 버리고 온 것 같다

그래서 나는 문득 일어나 기차를 타고 가서는

눈이 펑펑 쏟아지는 좁은 골목을 서성이고

쓰레기들이 지저분하게 널린 저잣거리도 기웃댄다

놓고 온 것을 찾겠다고


아니, 이미 이 세상에 오기 전 저세상 끝에

무엇인가를 나는 놓고 왔는지도 모른다
쓸쓸한 나룻가에 누군가를 버리고 왔는지도 모른다
저세상에 가서도 다시 이 세상에
버리고 간 것을 찾겠다고 헤매고 다닐는지도 모른다

- 「떠도는 자의 노래」 전문


이 시에서 "떠도는 자"는 낭만적인 유랑자이고, 그가 떠돌면서 부르는 노래가 곧 "떠도는 자의 노래"인 셈이다. 하지만 이 시에 노래는 없다. 그렇다면, 시적 자아는 왜, 무엇을 찾아 떠도는 것일까? "외진 별정우체국에 무엇인가를 놓고 온 것 같아서", "어느 삭막한 간이역에 누군가를 버리고 온 것 같아서", "쓸쓸한 나룻가"에 뭔가를 놓고 왔기 때문이다. 그렇다면 "삭막한 간이역" "외진 별정우체국" "쓸쓸한 나룻가"는 어떤 곳인가? 이 세 장소가 자연물이 아니지만 이 시에서는 원초적인 공간으로, 자연을 은유하는 공간임을 알 수 있다. 왜냐하면 이 시에서 '무엇'과 '누군가'를 위의 공간에 두고 왔기 때문이며, 동시에 이곳은 '무엇'을 찾기 위해 출발하는 곳이기도 하다. 그래서 이 시에서 탐구 대상이자 핵심 문제인 '무엇'과 '누군가'를 찾기 위해서 "나는 문득 일어나 기차를 타고" 길을 나서게 된다. 시적 자아가 간 곳이 어디인가? 바로, "눈이 펑펑 쏟아지는 좁은 골목을 서성이고/쓰레기들이 지저분하게 널린 저잣거리도 기웃거리리라"라는 구체적인 삶의 공간이다. 생각해 보니 이곳은 "이미 이 세상에 오기 전 저세상 끝에/무엇인가를 나는 놓고 왔는지도 모르고", 혹은 "쓸쓸한 나룻가에 누군가를 버리고 왔는지도 모른다"라고 하여, 이 원초적인 공간은 전생으로까지 거슬러 올라가기도 한다. 그뿐만 아니라 "제가 세상에 가서도 다시 이 세상에/버리고 간 것을 찾겠다"라고 헤매고 다니게 될지도 모르겠다고 한탄한다.

여기서 시의 세계를 확장해 나가는 시어는 두고 온 '무엇'과 '누군가'이다. 그리고 전생과 후생의 세계를 뜻하는 '이 세상에 오기 전'과 '저세상'이다. 이는 누구도 풀 수 없는 근원적, 원초적인 세계와 맞닿아 있는데, 이 같은 명상의 과정과 결과는 깊은 시의 서정 세계를 보여준다. 그렇지만 '떠도는 자'의 눈에 보이는 세상은 오로지 낭만적인 모습이지만, 온전한 원초적인 공간(자연)이 아닌 '우리'가 사는 구체적인 삶의 공간이거나, 구체적인 삶의 모습이라는 점이다. '외진 별정우체국', '어느 삭막한 간이역', '눈이 펑펑 쏟아지는 좁은 골목', '쓰레기들이 지저분하게 널린 저잣거리', '쓸쓸한 나룻가'가 바로 '사람 삶의 얼룩'이 보이는, 곧 삶의 현장이다. 그리고 "어딘가에 누군가를 버리고 왔는지도 모른다"라고 반복함으로써 전생의 공간까지 거슬러 올라감으로써 시의 세계를 확장해 나간다. 그뿐만 아니라 '이미 이 세상에 오기 전 저세상'과 '저세상(저승)'의 풍경에 대해서는 낭만적이거나 환상적인 세상만으로는 제시하지 않았다. 이는 경계의 변증법 혹은 경계의 아름다운 세계를 보여준다고 할 수 있다. 여기서 아름다운 세계란 이 시에서 아직 연주되지 않는 '떠도는 자의 노래'다.

　이번 항에서는 자연 혹은 자연적인 소재를 통찰하여 깊은 서정 세계를 펼쳐 보이는 작품들을 살펴보았다. 자연물을 통해 자연과 인간의 화해를, 자연과 인간의 화해 세계를 보여주고 있다. 혹은 일상의 삶에 지친 시적 자아가 '잊고 있던 자연'으로 들어가지만 곧 돌아올 수밖에 없는 현실적 자연들을 제시한다. 이렇게, 시의 소재로 취한 자연과 일상의 소재는 시인의 깊은 내면 통찰을 통해 근원 세계로의 회귀, 원초적인 세계로의 회귀 의식을 보여주며, 이는 자연과 인간의 소통과 어울림을 통한 깊은 서정의 세계로의 확장을 뜻한다.

## 2) '서정적 현실주의'의 심화

신경림 시인이 후기 시에서 시선을 미시 담론으로 옮기면서 일상적이고 주변적인 소재들이 시의 중심 소재가 되었다. 앞에서 '일상적 소재와 내면 탐구로 빚어낸 이야기 서술성 강화'라는 새로운 후기 시 유형에 대해 피력한 바 있다. 여기서 '서정적 현실주의'에 대해 다시 상기할 필요가 있겠다. 신경림 시인의 후기 시의 서정성이란 "삶에서 나오는 것, 사람의 생활 자체에서 나오는 것이고, 사람이 살아가는 이야기"로 정리했다. '사람이 살아가는 이야기'란 시적 형상화 방법에서 서사적 진술을 의미한다고 볼 수 있겠다. 그러나 후기 시에서 '서정적 현실주의'란 리얼리즘 시의 전성기였던 1970, 80년대에도 서사적 진술 방법에 따라 형상화되었고, 후기 시에서도 여전히 전대의 서술 기법을 변화 발전시키고 있다는 점을 주목할 필요가 있다. 그러나 이는 1970, 80년대 중기 시가 가졌던 이데올로기적인 민중들의 삶을 서술하던 기법과는 확연하게 변별된다. 즉, 후기 시에서는 현실이나 이념이 사라진 일상적이고 소소한 삶이나 주변적인 소재에 대한 명상이나 탐구 과정을 통해 얻는 서정성을 일러 '서정적 현실주의'라 규정했으며, 이 연구에서는 이런 배경에서 정의된 용어로 한정하여 사용하고자 한 바 있다.

서정적 현실주의에서 나타나는 일상적 소재란 당연히 '각별한(신선한) 일상'을 의미한다. 이는 '각별한 서사(이야기) 서술'이라는 의미를 포함하게 되는데, 이는 역설적으로 '일상성 탈출'과도 같은 의미 확장을 뜻한다. 이때 탈출은 '낯선 세계' 혹은 '현실 초월적인 곳'으로의 도피를 의미하기도 한다. 이는 시의 소재 확장이나 세계 확장의 문제로 연결되는데, 이 글에서는 '일정한 공간에 자신을 내버려두거나 〔放棄〕 가둔다'라는 의미를 포괄한 '유폐(幽閉)'로 설정하고자 한다.

많은 연구자들이 후기 시의 특징으로, '일상적이거나 주변 소재의 발견', '낯선 세계로의 기행', '유폐된 세계의 탐구', '삶과 죽음의 변증법적인 세계' 등으로 정리하고 있는데, 이 개념어들은 이 절의 '서정적 현실주의 확장 시' 유형을 분석하는데 적절한 항목이기도 하다.

여기서는 일상적이거나 주변적인 소재 발견의 시인데, 「뿔」「낙타」「사진관집 이층」「눈」 4편을 인용하기로 한다. 이 시들은 일상적 소재에서 천착하여 죽음의 문제까지 탐구하고 있지만, 신경림 시인의 '죽음 의식'에 대해서는 끝에서 별도 인용 시를 통해서 정리하기로 한다.


사나운 뿔을 갖고도 한 번도 쓴 일이 없다
외양간에서 논밭까지 고삐에 매여서 그는
뚜벅뚜벅 평생을 그곳만을 오고 간다
때로 고개를 들어 먼 하늘을 보면서도
저쪽에 딴 세상이 있다는 것을 알지 못한다

그는 스스로 생각할 필요가 없다
쟁기를 끌면서도 주인이 명령하는 대로
이러 하면 가고 워워 하면 서면 된다
콩깍지 여물에 배가 부르면
큰 눈을 끔벅이며 식식 새김질할 뿐이다

도살장 앞에서 죽음을 예감하고
두어 방울 눈물을 떨구기도 하지만 이내
살과 가죽이 분리되어 한쪽은 식탁에 오르고
다른 쪽은 구두가 될 것을 그는 모른다
사나운 뿔은 아무렇게나 쓰레기통에 버려질 것이다

- 「뿔」 전문

　위의 시는 사나운 무기인 '뿔'을 가지고도 한 번도 뿔을 사용하지 못하고 평생
토록 순종만으로 살다가 생애를 마치는 소의 일대기이다. 먼저, 시에 나타난 소
의 일생을 보자. "(태어나) 단 한 번도 사나운 뿔을 쓴 일이 없이 고삐에 매여서
외양간에서 논밭까지 뚜벅뚜벅 평생을 그곳만을 오고 간다". 소는 이런 제한된
공간을 살면서 가끔 먼 세상을 보기는 해도 먼 세상을 알지 못한다. 곧, "때로
고개를 들어 먼 하늘을 보면서도, 저쪽에 딴 세상이 있다는 것을 알지 못한다"라
고 했다. 이런 소가 고작 할 수 있는 일이란 "쟁기를 끌면서도 주인이 명령하는
대로/이러하면 가고 워워 하면 서면 된다/ 콩깍지 여물에 배가 부르면/큰 눈을
끔벅이며 식식 새김질을 할 뿐이다"소는 이런 삶 끝에"도살장 앞에서 죽음을 예
감하고/ 두어 방울 눈물을 떨구기도 하지만"조용히 생애를 마감한다.

　이 시에서 소는 삶과 죽음의 과정이 한결같이 조용할 뿐이다. 그 결과도 끝내
조용하다. "살과 가죽이 분리되어 한쪽은 식탁에 오르고/다른 쪽은 구두가 될 것
을 그는 모른다/(남겨진) 사나운 뿔은 아무렇게나 쓰레기통에 버려질 것"이다.

　소는 사나운 뿔을 무기로 가졌지만 단 한 번도 제대로 써보지 못하고, 평생 쟁
기를 끌고 주인의 명령에만 복종하다가 죽임을 당했다. 소는 자신이 본래 가지고
태어난 힘을 모르고, 인간에게 길들여진 채 억압만 당하는 비참한 존재로 표상된
다. 이 때문에 연구자에 따라서는 소를 '자신의 숨은 힘을 모르고 비참하게 생을
마감하는 어리석은 민중과 같다.'라고 보는 견해도 있다. 그러나 필자의 견해는
'주변적이거나 일상 소재'의 발견에 해당하는 시인데, 시인은 주변적이고 일상적
인 소재인 식탁에 오른 소고기와 구두에서 순박한 눈망울의 소에 대해 유추해 내
고, 이를 사유하여 그 결과 비참한 소의 생애에 대한 이야기 서술을 통해 넓은

서정적 현실주의 세계를 보여주고 있다. 정도 차이는 있겠지만, 이런 삶을 살다 생애를 마치는 인간은 얼마쯤 될까.

다음에 살펴볼 「역전 사진관집 이층」은 시적 자아가 어린 시절부터 오랫동안 가슴에 묻어둔 이야기를 끄집어냈다. 자신의 과거 돌아보기로 시작하여 현재와 미래 세계를 넘나드는 환상적인 서정의 세계를 펼쳐 보인다.

사진관집 이층에 하숙을 하고 싶었다.
한밤에도 덜커덩덜커덩 기차가 지나가는 사진관에서
낙타와 고래를 동무로 사진을 찍고 싶었다.
아무 때나 나와 기차를 타고 사막도 바다도 갈 수 있는,
어렸을 때 나는 역전 그 이층에 하숙을 하고 싶었다.


이제는 꿈이 이루어져 비행기를 타고
사막도 바다도 다녀봤지만, 나는 지금 다시
그 삐걱대는 다락방에 가 머물고 싶다.
아주 먼 데서 찾아왔을 그 사람과 함께 누워서
덜컹대는 기차 소리를 듣고 싶다.
양철지붕을 두드리는 소낙비 소리를 듣고 싶다.
낙타와 고래를 배경으로 사진을 찍고 싶다


다락방을 나와 기차를 타고 싶다.
그 사람이 날 찾아온 길을 되짚어가면서
어두운 그늘에도 젖고 눈부신 햇살도 쬐고 싶다.
그 사람의 지난 세월 속에 들어가
젖은 머리칼에 어른대는 달빛을 보고 싶다

살아보지 못한 새로운 세상으로 가는 첫날을

다시 그 삐걱대는 사진관집 이층에 가 머물고 싶다.


- 「역전 사진관집 이층」 전문


　신경림 시인의 어린 시절 고향의 '역전 사진관집 이층'이 현실과 미래의 새로운 장소로 등장한다. 이 시적 공간은 어린 시절 시인이 꿈꿨던 장소이자 마지막 꿈을 소망하는 장소이다.

　긴 여행을 마친 유랑자가 이곳에 귀착하면서 시가 시작된다. 어쩌면 긴 인생길을 걸어온 사람의 은유이기도 하다. 이곳에서 과거와 현재 미래의 꿈이 순차적으로 전개된다. 시적 자아는 "~싶었다" "~싶다"와 같은 무수한 종결어미로 구별하여 과거 현재 미래의 시간과 공간을 자유롭게 넘나들며 이야기를 들려준다.

　"사진관집 이층에 하숙을 하고 싶었다."로 보아 이 장소는 시적 자아가 오랫동안 동경해왔던 일상적인 공간이다. 그 이유는 "한밤에도 덜커덩덜커덩 기차가 지나가는 사진관에서/낙타와 고래를 동무로 사진을 찍고 싶었기 때문"이며, "아무 때나 (그곳을) 나와 기차를 타고 사막도 바다도 갈 수 있는 곳"이라고 단정하고 있기 때문이다. 그리고 그곳은 "누군가 날 기다리고 있을 그 먼 곳에 갈 수 있는" 출발점이기도 하다. 시적 자아가 마침내 "이제는 꿈이 이루어져 비행기를 타고/사막도 바다도 다녀봤지만," 이제는 그 고단한 삶의 여정을 마치고 돌아와 오래전부터 꿈꿨던 안식처인 "그 삐걱대는 다락방에 가 머물고 싶다."라고 했다. 마지막 생을 마감하고 싶은 곳이니 바로 이곳은 시적 자아가 꿈꾸던 소망의 공간이다. 그곳에서, "아주 먼 곳에서 찾아왔을 그 사람과 함께 누워서/덜컹대는 기차 소리를,/양철지붕을 두드리는 소낙비 소리를" 듣고 싶다. 그리고 어린 시절부터 소망해왔던 "낙타와 고래를 배경으로 사진을 찍고, 다락방을 나와 함께 기차를 타고" 그곳을 떠나 새로운 장소인 "그 먼 곳"을 향해 떠나고 싶다. 시적 자아의 소망이 계속 이어진다. "그 사람과 함께 날 찾아온 길을 되짚어가면서/어두운 그 늘에도 젖고 눈부신 햇살도 쬐고 싶다./(심지어) 그 사람의 지난 세월 속에 들어 가/젖은 머리칼에 어른대는 달빛을 보고 싶다."라고 했다. 시적 자아에게 마지막 소망인 "살아보지 못한 새로운 세상으로 들어가는 첫날"도 그 '사진관집 이층'에 머물고 싶다. 마지막에 제시된 "살아보지 못한 새로운 세상"이란 저승의 길이니, 그 길도 이곳에서 출발하고 싶다는 뜻이다. 시적 자아의 꿈속에 들어있는 '기차' 와 '낙타와 고래'를 건져 올리고, "아주 먼 데서 찾아왔을 그 사람"과 함께 누워 서 장차 "살아보지 못한 새로운 세상"으로 들어가는 그날까지 사진관집 이층 그 곳에 머물고 싶다. 따라서 이 시에서 "사진관집 이층"은 과거와 현재 미래의 꿈 이, 삶과 죽음이 어우러진 공간인 셈이다.

시인은 지금 20세기 후반 사회를 살면서 현실에서는 찾아볼 수 없는, 어릴 적 에 지녔던 순수한 꿈을 지니고 있다. 그는 미지에 대한 동경과 아름다움을 회고 하면서 과거로 돌아가는 여행을 하면서, "아주 먼 데서 찾아왔을 그 사람"과 미 래 세상(여행)을 꿈꾼다. 시인의 삶과 다른 시들을 연결해서 보면 "아주 먼 데서 오는" 혹은 "그 사람"은 옛적 사람일 수 있겠지만, 아직 오지 않은 '미래의 절대 적인 존재'이기도 하다. 결국 '그 사람'이 바로 시적 자아를 꿈꾸게 하고 영감을 주는 존재, 우리의 삶을 지배하는 절대적 존재이기 때문이다. 수구초심(首丘初心) 이란 근원으로 돌아가려는 인간의 보편적인 회귀 의식을 일컫는 말이다. 그러고 보면 '역전 사진관집 이층'은 근원이나 원초적인 언덕인 셈이다. 노년에 접어든 신경림의 후기 시에는 이런 회귀의식이 나타나는 시가 많아진 것도 특징이지만 죽음에 대해 직접적이기보다는 이렇게 일상적인 소재를 통해 자연스럽게 죽음의 세계를 선구한다. 즉, 신경림 시인은 죽음에 대해서는 어떤 존재론적 지위도 부여하지 않는다. 죽음 자체에 대한 본질을 분석하기보다는 삶의 연장선에서 죽음의 세계가 자연스럽게 제시되기 때문이다. 이는 그의 시 세계에서 삶과 죽음의 경계가 존재하지 않는다는 뜻이기도 하다.

다음 시「낙타」는 죽음에 대해 더 직접적인 작품이다.


낙타를 타고 가리라, 저승길은
별과 달과 해와
모래밖에 본 일이 없는 낙타를 타고,
세상사 물으면 짐짓, 아무것도 못 본 체
손 저어 대답하면서,
슬픔도 아픔도 까맣게 잊었다는 듯,
누군가 있어 다시 세상에 나가란다면
낙타가 되어 가겠다 대답하리라.
별과 달과 해와
모래만 보고 살다가,
돌아올 때는 세상에서 가장
어리석은 하람 하나 등에 업고 오겠노라고.
무슨 재미로 세상을 살았는지도 모르는
가장 가엾은 사람 하나 골라
길동무 되어서.


-「낙타」 전문


이 시의 구조를 보면, 저승길을 가는 길과 오는 길, 회귀의 구조이다. 시적 자아가 낙타를 타고 저승으로 갔다가, 자신은 낙타로 환생하고 낙타는 사람으로 환생하여 길동무가 되어 돌아오겠다는 단순 구조이다. 사람이 죽어서 다른 생물로 환생한다는 윤회의 상상이 기본 골격이다. 먼저, '나'는 저승길을 낙타를 타고 가겠다고 했다. 왜냐하면 "낙타는 별과 달과 해와 모래밖에 본 일이 없기 때문이며,"(그래서) 나는 "이승의 슬픔도 아픔도 까맣게 잊었다는 듯 홀가분하게" 저승길을 나서겠다. 이번에는 반대로 저승에서 이승으로 환생을 하라고 한다면 "내 자신이 낙타가 되어서 길을 나설" 것이다. 왜냐하면 나도 "낙타처럼 별과 달과 해와 모래만 보고 살다가", 내 낙타의 등에 "세상에서 가장 어리석은 사람 하나 등에 업고 오겠노라고."라고 했다. 세상을 "무슨 재미로 세상을 살았는지도 모르는 가장 가엾은 사람을 길동무 삼겠다"라고 했다.

전반 구조에서, 저승길의 동반자 낙타는 "별과 달과 해와 모래밖에 본 일이 없는" 존재다. 그러나 후반부는 "낙타 등에 그를 등에 업고 오겠노라"라고 말한다. 그렇다면 그가 누구인가? 바로 "세상 무슨 재미로 산(살았는지 모를) 사람, (가장)가엾은 사람"은 바로 자신이 아닐까. 저승길에 나선 '나'는 '이승의 삶에 대해 한 점 후회가 없는 자의식적인 인물'이다. 그런데 이런 자의식적인 인물은 이미 그렇게 이루어진 사람이라기보다는 '앞으로 그렇게 살다가 갈 사람'이니 장차 그런 삶을 살고자 하는 자아를 향한 다짐이기도 하다. 따라서 「낙타」는 이승에 대한 자기 성찰과 저승에 대한 명상으로, 서정적 현실주의 세계의 확장을 보여주게 된다.

또 한 편의 죽음의 세계에 대한 명상의 시를 보자.

내 몸이 이 세상에 머물기를 끝내는 날
나는 전속력으로 달려나갈 테다
나를 가두고 있던 내 몸으로부터
어둡고 갑갑한 감옥으로부터

나무에 붙어 잎이 되고
가지에 매달려 꽃이 되었다가
땅속으로 스며 물이 되고 공중에 솟아 바람이 될 테다
새가 되어 큰곰자리 전갈자리까지 날아올랐다가
허공에서 하얗게 은가루로 흩날릴 테다

나는 서러워하지 않을 테다 이 세상에서 내가 꾼 꿈이
지상에 한갓 눈물자국으로 남는다 해도
이윽고 그 꿈이 무엇이었는지
그때 가서 다 잊어다 해도

- 「눈」 전문


이 시는 시집 『낙타』(2008)에 실려 있는 시다. 이 시에서 시적 자아에게 이승은 몽환적으로 보인다. "내 몸이 이 세상에 머물기를 끝내는 날"은 곧 이승을 떠나는 날이며, 그 뒤의 일은 내 의지대로 되는 것이 아니다. 그럼에도 불구하고 시적 자아는 "나무에 붙어 잎이 되고" 혹은 "가지에 매달려 꽃이 되었다가" "(또는) 땅속으로 스며 물이 되고 (또는) 공중에 솟아 바람이 되거나", "(또는) 새가 되어 큰곰자리 전갈자리까지 날아올랐다가 (끝내는) 허공에서 하얗게 은가루로 흩날릴 테다"라 했다. 이는 산 자의, 죽음에 대한 해탈의 경지를 보여주고 있다. 시인은 "이 세상에서 내가 꾼 꿈이 지상에 한갓 눈물자국으로 남는다" 할지라도 "(후회하거나) 서러워하지 않겠다"라고 했다. 왜냐하면 자연의 순환 논리에 의해 들어간 세계이기 때문이다. 신경림의 시에서 삶이나 죽음은 자연의 순환 논리에

의한 하나의 세계임을 알 수 있다.

신경림의 후기 시의 또 다른 특징으로, 앞에서 살펴본 바와 같이 유폐의 시가
많아졌다는 점이다. 이는 때로 갑갑한 일상으로부터 일탈에의 욕구로 발현되기도
하며, 평소에 동경하던 세계로의 유폐를 시도하기도 한다. 그의 시에서 유폐의
세계는 일정 부분은 자연과 인간이 소통하는 세계, 이상적인 공간이기도 하다.
신경림 시인에게 현실적 이상 세계란 본질적으로 민중의 원한과 분노가 없는 세
상, 또는 권력의 억압이 없는 현실적인 이상 세계를 추구한다. 도가적 이상향이
인위를 배제하고 무위자연(無爲自然)의 이상향이라는 점에서 변별된다. 즉 신경림
시인이 추구하는 세계는 자연과 인간의 공동체적 삶이 공존하는 이상향이라는 점
에서 도가적 이상향과 차이가 있다.

먼저, 현실 세계와 닮아있는'유폐 공간'을 제시하는 작품을 보기로 한다.

이쯤에서 돌아갈까보다
차를 타고 달려온 길을
터벅터벅 걸어서
보지 못한 꽃도 구경하고
듣지 못한 새소리도 들으면서
찻집도 기웃대고 술집도 들러야지
낯익은 얼굴들 나를 보고는
다들 외면하겠지
나는 노여워하지 않을 테다
너무 오래 혼자 달려왔으니까
부끄러워하지도 않을 테다

내 손에 들린 가방이 텅 비었더라도
그동안 내가 모으고 쌓은 것이
한 줌의 모래밖에 안된다고
새삼 알게 되더라도

- 「이쯤에서」전문


시적 자아가 출발하는 유폐 장소는 차를 타고 달려온 길이며, 달려오느라 미처
보지 못한 세상을 천천히 구경하면서 돌아가자는 것이다. 이는 자신의 삶을 돌아
볼 틈도 없이 바쁘게 살아가는 현대인들의 표상이다. "터벅터벅 걸어서/보지 못
한 꽃도 구경하고/찻집도 기웃대고 술집도 들러야지…" 시적 자아가 천천히 보려
는 세상은 한결같이 현실적인 곳이자 일상적인 곳이다. 그러니 이 공간에서 당연
히 낯익은 얼굴들을 만나게 될 것이다. 이런 기대는 인간과 자연이 하나로 어우
러진 무위자연의 도가적 이상향에 대한 갈망으로 보이기도 한다. 그러나 유폐된
곳은 철저하게 일상적인 풍경이다. "나를 외면하거나 몰라보더라도 노여워하지
않고, 부끄러워하지 않을 것"이라고 한 점이 이를 반증한다. 이는 세상 사람들로
부터 듣게 된 평판 따위가 중요하지 않다는 뜻이기도 하다. 이뿐 아니다. "가방
이 텅 비어 내가 모은 것이 한 줌의 모래밖에 안 된다"라고 해도 태연하게 맞이
할 것이다. 이는 시적 자아가 모든 세속적인 물질적인 욕망을 떨쳐버리고 자신에
게 주어진 운명에 순응하겠다는 뜻이다. 그래서 시적 자아의 유폐 목적이 더 분
명해진다.
다음 시에 나오는 유폐의 세계는 환상적이다.


이쯤에서 길을 잃어아겠다

돌아가길 단념하고 낯선 처마 밑에 쪼그리고 앉아
들리는 말 뜻 몰라 얼마나 자유스러우냐
지나는 행인에게 두 손 벌려 구걸도 하마
동전 몇 잎 떨어질 검은 손바닥

그 손바닥에 그어진 굵은 손금
그 뜻을 모른들 무슨 상관이랴

-「내가 살고 싶은 땅에 가서」 전문

이 시에서 유폐 공간은 단순하게 보면 익명성이 보장된 자유로운 공간이다. 그러므로 유폐되는 순간부터 자유스러운 곳, 인간과 자연이 화합하는 이상향의 공간이다. 시적 자아에게 "내가 살고 싶은 땅"이란 자유로운 익명성의 공간이다. 따라서 그 땅이 비록 환상적이라고 할지라도 현실과 닮은 곳일 수밖에 없다.

이 시에서 "내가 살고 싶은 땅"이란 "이쯤에서 길을 잃어야겠다."로부터 시작된다. 스스로 돌아가기를 단념하고 어느 낯선 처마 밑에 쪼그려 앉으면서, 바로 그곳이 자유로운 '유폐 장소'가 된다. 따라서 이 시에서 '길 잃기'란 시적 자아의 자유로운 영혼에의 희구이자, 근원으로의 회귀 욕구를 뜻하기도 한다. 그래서 유폐를 꿈꾸는 자는 유폐의 꿈이 이뤄지는 순간 영혼이 자유롭다. 이에 대한 결과로, "들리는 말 뜻 몰라 얼마나 자유스러우냐", "지나는 행인에게 두 손 벌려 구걸도 하마"이다. 익명성의 유폐 장소에서 누릴 수 있는 자유로운 행동이다. 여기서 "들리는 말 뜻 몰라(서)"는 익명성의 세계를 뜻하는데, 이는 동시에 유폐의 조건도 되는 셈이다. 이후부터 누리는 행동은 자유롭다. 곧, "동전 몇 닢 떨어질 (내) 검은 손바닥/(내) 그 손바닥에 그어진 굵은 손금"의 뜻을 모른다 한들 조금도 문제될 것이 없다. 왜냐하면 '손금'은 타고난 운명이거나 살아온 날의 흔적을 은유하지만, 그 어떤 것도 유폐의 공간에서는 진정한 자유에 방해가 되지 않기 때문이다. 이렇게 보면 시적 자아의 "내가 살고 싶은 땅"이란 어쩌면 소박한 소망에 속하는지도 모른다.

다음 시의 유폐 장소는 현실적인 동시에 앞의 시보다 더 환상적인 공간이다.

아주 먼 데,
말도 통하지 않는, 다시 돌아올 수 없는,
그 먼 데까지 가자고

어느 날 나는 집을 나왔다.
걷고 타고, 산을 넘고 강을 건너고,
몇 날 몇 밤을 지나서

이쯤은 꽃도 나무도 낯이 설겠지,
새소리도 짐승 울음소리도 귀에 설겠지,
짐을 풀고

찾아들어간 집이 너무 낯익어,
마주치는 사람들이 너무 익숙해.

사람 사는 곳
어디인들 크게 다르랴,
아내 닮은 사람과 사랑을 하고
자식 닮은 사람들과 아웅다웅 싸우다가,

문득 고개를 들고 보니,

매화꽃 피고 지기 어언 십년이다.

어쩌면 나는 내가 기껏 떠났던 집으로

되돌아온 것은 아닐까.

안, 당초 집을 떠난 일이 없는지도 모르지.

그래서 다시,


아주 먼 데,

말도 통하지 않는, 다시 돌아올 수 없는,

그 먼 데까지 가자고.


나는 집을 나온다.

걷고 타고, 산을 넘고 강을 건너고,

몇날 몇밤을 지나서.


-「먼 데, 그 먼 데를 향하여」전문


신경림의 앞에서 본 몇 편의 유폐 시처럼, "아주 먼 데"란 유폐 장소의 다른 이름임을 알 수 있다. 그렇다면 '아주 먼 데'란 어떤 곳인가. "말도 통하지 않는, 다시 돌아올 수 없는" 곳이다. 그래서 더 철저한 유폐 장소가 된다. 시적 자아는 익명의 공간인 "그 먼 데까지 가자고"라고 길을 나서게 된다. 그곳으로 가기 위해 "걷고 타고, (혹은) 산을 넘고 강을 건너고,/(나는) 몇 날 몇 밤을 지나서"(급기야) 도착한다. 시적 자아는 그 세계에 대한 기대가 먼저다. "꽃도 나무도 낯이 설겠지./새소리도 짐승 울음소리도 귀에 설겠지."하여 (문득) 집으로 들어갔는데,

짐을 풀고 나서 보니 "찾아들어간 집이 너무 낯익어, /(뿐만 아니라) 마주치는 사람들이 너무 익숙" 하다. 이를 근거로 시적 자아는 마침내 결론을 내리게 되는데, "사람 사는 곳 크게 다르지 않아서", 즉 사람 사는 곳이 거기가 거기라는 결론에 도달한다. 그래서 시적 자아는"아내 닮은 사람과 사랑을 하고/자식 닮은 사람들과 아웅다웅 싸우다가." 문득 고개를 들고 보니, (십 년이 지난 뒤) 기껏 (내가) 떠났던 집으로 되돌아온 것은 아닐까. 아니다. 애초에 집을 떠난 일이 없었는지도 모른다. 그래서 시적 자아는 다시 집을 나서게 된다. 그렇다면 시적 자아, 혹은 우리는 언제나 숙명적으로 '먼 데'를 찾아 나서는 존재가 아닐까? 일상의 굴레에서 벗어나기 위해, 새로운 곳을 찾아 길을 나서지만 결국 다시 내 집으로 돌아오게 되는 것이 아닐까.

이런 삶의 '굴레 이야기'는 앞에서 논의했던 서정적 현실성 심화와 밀접한 관련이 있다.


지금까지 신경림 시에서 자연과 일상에 얽힌 이야기 속에서 죽음의 문제가 자연스럽게 언급되었지만, 여기서 신경림 시인의 '죽음 의식'에 대해 정리하고자 한다. 먼저, 신경림의 시에 나타나는 죽음 의식과 인식 변화 양상을 살펴보기로 한다.

초기 시에서는 죽음에 대해 관조하는 시적 태도를 보여주는데, "쓸쓸히 살다가 그는 죽었다./앞으로 시내가 흐르고 뒤에 산이 있는/조용한 언덕에 그는 묻혔다.(…)(-「묘비(墓碑)」부분)"라고 하여 죽음의 세계에 대해 "무엇인가 들릴 듯도 하고 보일 듯도 한"관념의 자기 분비가 농후하게 나타나고 있다.

중기 시에 이르면 민중의 억울한 죽음을 다룬 원혼(冤魂)으로 형상화된다. 예컨대, "편히 가라네 날더러 편히 가라네/꺾인 목 잘린 팔다리 끌고 안고/(…)꺾인

목 잘릴 팔다리로는 나는 못 가, 피멍든 두 눈 고이는 못 감아,(…)(-「씻김굿 -떠도는 원혼의 노래」부분)"라 하여, 시 전편에 한이 서려 있다. 이보다 거 직설적인 투쟁 언어로 죽음에 이데올로기적인 의미를 부여한다. "구둣발에 짓밟히고 발길질에 차이고/총칼에 찔리고 몽둥이에 쫓기면서/우리는 탄식했다 이제 우리 곁에서/민주주의는 떠났노라고./(…)(-「어깨로 밀고 나가리라, 아우성으로 밀고 나가리라 -1984년, 민주화단체 송년의 밤에」부분)"이 시를 통해 5.18민주화운동에서 희생된 죽음에 대해 역사 현실적인 의미를 극대화하고 있다.

후기 시에서 죽음에 대한 문제는 미시 담론으로, 내면 성찰을 통한 원초적인 의미를 천착해내고 있다. 다음 시는 말의 죽음을 말하지만 인간의 죽음을 유추한다. "어려서 좁은 통로를 통해 들어와서/평생 소금 짐만 나르다가/문득 깨닫고 보니 뼈가 굵어지고 살이 쪄서/다시는 나가지 못하고/마침내 죽어 뼈와 살이 분리되어서야/비로소 밝은 세상 구경을 한다는 비엘리치카 소금 광산의/말.(…)"여기서 말의 뒤늦은 후회는 인간의 죽음을 은유한다. 이 밖에 "낙타를 타고 사막을 횡단하여 저승길을 가는"「낙타」, 어릴 적부터 꿈꿔오던 「사진관집 이층」에서 "아주 먼 데서 찾아 왔을 그 사람"과 저승길을 동행하는 등 죽음에 대한 웅숭깊은 명상의 시들을 앞에서 살폈다.

이렇게, 신경림의 시에서 죽음의식은 초기 시에서는 관조하는 시적 태도를 보이고, 중기 시에서는 민중의 억울한 죽음을 원혼으로 시화하여 선동적으로 시적 의미를 부여하며, 후기 시에서는 삶의 연속성에서 죽음의 세계를 천착해 내고 있다고 정리할 수 있다.

다음 시는 후기 시에서 죽음 의식을 잘 드러낸 시인데, 이승과 저승의 풍경이 일상과 조금도 다르지 않다.

장되쟁이는 침방울을 튕기며 이승 얘기를 하고

할머니는 맞장구로 빈 잔을 채울 거야

할아버지는 돋보기 너머로 식물도감을 훑고

아버지는 조합 숙직실에서 마작으로 밤을 새우겠지

아내는 오늘도 뜨개질을 할까?

대추나무에 와 걸리는 바람소리에도 몸을 떨며

친구들은 누룩이 뜨는 밀주집 뒷방에서

화투판 투전판으로 나를 유혹하고


저승인들 무어 다르랴 아웅다웅 얽혀 살던

내 가족 내 이웃이 다 거기 가 살고 있는데

- 「강 저편」 전문


위 시에 따르면 저승은 멀리 떨어져 있는 게 아니라 "강 저편"일 뿐이다. 따라서 이승의 시적 자아가 강 저편에 사는 저승 사람들에 대한 이야기를 들려주는 셈이다. 저승 사람들의 삶이 이승 사람들과 다르지 않아서 "장되쟁이는 침방울을 튕기며 이승 얘기를 하고/할머니는 맞장구로 빈 잔을 채울 거야"라고 했다. 할아버지는 살아생전의 모습처럼 "돋보기 너머로 식물도감을 훑고", "아버지는 조합 숙직실에서 마작으로 밤을 새우겠지", "아내는 오늘도 뜨개질을 할까?" 알고 보면 시적 자아에게는 모두 가족이며, 그리움의 주체들이다. 시 후반에서는 가족에서 이웃 친구들 이야기로 화제를 옮겨간다. "대추나무에 와 걸리는 바람소리에도 몸을 떨며/친구들은 누룩이 뜨는 밀주집 뒷방에서(모여)/화투판 투전판으로 나를 유혹"하는 것이다. 시적 자아는 지금 이승에 위치하며, 먼저 저승 간 친구들이 화투판 투전판을 벌여서 이승에 있는 나를 유혹하는 것이다. 그러므로 나는(혹은 우리는) 금방 저승에 들어간다고 해도 조금도 근심할 필요가 없는 셈이다. 왜냐하면 "저승인들 무어 다르랴 아웅다웅 얽혀 살던/내 가족 내 이웃이 다 거기 가서 살고 있기" 때문이다. 이승에 살아 있는 사람들의 온기와 체취가 온전하게 느껴진다.

이밖에 신경림의 후기 시에서, 저승의 세계를 이승의 일상으로 연결해 놓은 유사한 시 몇이 있다. 「편지」는 시적 자아가 이승에서 저승으로 보내는 편지인데, 가족과 이웃들의 안부를 두루 묻고 있지만 어머니는 여전히 바쁘게 사느라 편지조차 뜯어볼 여가가 없을 것이라고 했다. 저승은 "…저 소리는 어디에서 나비가 떼 지어 나는 소리도 함께 들리는 가지각색 꽃들의 빛깔과 향기도 따라 보이는"이라 하여 아름다울 뿐만 아니라, "어머니"하고 부르면 "그래" 바로 대답이 돌아오는, "저 맑고 담담한 소리…"가 들리는 가까운 곳이다. 이렇게, 시인에게 저승은 손에 닿을 듯 가까이 있다. 이에 비해 시 「한 오백년 뒤의」는 시간적으로 아주 먼 오백 년 전과 뒤에서 죽음을 바라보고 있는데 더 객관적이지만, 현실의 한 풍경과 닮았다.

신경림의 시에서 초기 중기 시에서 저승의 이미지는 적막하고 칙칙한 분위기였다. 그러나 신경림의 후기 시에서 저승 세계는 이승과 저승은 경계가 없는 일상의 세계이다. 이렇게, 신경림은 죽음을 삶의 연장선에서 보려고 시도함으로써 이승 사람들에게 죽음에 대한 두려움을 떨치게 한다. 이는 궁극적으로 죽음이란 자연현상으로 존재하기 때문에 애초에 이승과 저승, 삶과 죽음의 경계가 없음을 뜻하니 경계 허물기가 아닌 셈이다.

이상으로 서정적 현실주의가 확장된 여러 시 편을 고찰했다. 시인은 과거의 소소한 일상의 기억을 불러내고, 이에 관한 내적 탐구 과정을 거쳐 솟아나는 이야기식 서술을 통해 서정적 현실이 확장된 세계를 보여주는 시들을 살펴보았다. 이렇게, 가장 일상적인 소재 탐구는 역설적으로 가장 비일상적인 소재를 통해 새로운 서정적 세계로 확장되어 간 사실을 확인했다. 시 「뿔」 「낙타」 「사진관집 이층」은 우리가 지나쳐 보았던 주변적이거나 일상적인 소재였지만 시인의 사유와 명상의 도가니에서 나오자 자연과 일상 소통하고 어우러지는 확장된 시 세계를 만날 수 있었다.

　신경림 시인은 후기 시의 특징적인 창작법에 대한 질문을 받고 "시를 쓸 때 어떤 시를 어떻게 써야겠다는 의도에서 시를 쓰는 것이 아니라" 시를 쓰고 나서 "아, 이렇게 해서 썼구나." 하는 '자연스러운 시 창작' 방법으로, 그리고 "즐겁게 시를 쓴다"라고 했다. 여기서 창작 방법의 핵심은 자연스러움이다. 소재의 다양성을 넘어 시의 이념이나 주제를 먼저 설정하지 않는다는 시 창작 방법과 관련이 있다고 보아야 할 것이다. 이는 신경림의 시에서는 서정과 서사, 자연과 일상, 삶과 죽음, 사회적 현실과 소소한 일상, 이상과 환상, 일상과 일상 일탈의 정서적 '경계'를 허물자 새로운 시의 경지가 열리는 것이다. 이야말로 신경림의 후기 시가 방향을 잃고 정체성을 상실할 위기에 처한 현대인들에게 위안이 되고 정서적인 안식처를 마련해 주는 시라고 볼 수 있는 근거이기도 하다.

　이렇게, 신경림 시인의 시적 사유는 경계를 넘어 초월적인 세계로 확장되는 사실을 탐구할 수 있었다. 이는 그의 시작(詩作) 과정에서 고통이 사라지고 즐거움에 이르는 시적 경지는 자아 성찰과 깊은 사유의 과정과 결과로 볼 수 있을 것이다. '자연과 현실 아우르기' 시 유형은 후기 시 총 287편 중 97편 정도였다. (【부록 2】 후기 시의 네 가지 분류표 참조)

## 3. 현실 풍경을 멀리서 바라보기

여기서는 2014년 시집 『사진관집 이층』 출간 이후, 그리고 최근에 발표된 시 몇 편을 살펴보고자 한다. 이는 후기 시 변화의 특징을 정리할 중요한 과정이 될 것이다.

신경림은 2014년 1월부터 6월까지 일본의 국민시인으로 널리 알려진 다니카와 슌타로(谷川俊太郎)와 대시(對詩)로 모두 24편의 시를 주고받았다. 이듬해인 2015년에 공동시집 《모두 별이 되어 내 몸에 들어왔다》를 출간했다. 이 절에서는 신경림 후기 시의 특성을 잘 보여주는 시 6편(2, 3, 4, 6, 8, 10번)과, 대사의 맥락을 이해하기 위해 다니카와 슌타로의 시 2편을 살펴보기로 한다. 이어 최근에 발표된 시 2편을 통해 최근 시의 변화 양상을 고찰하고자 한다.


1
아버지에게 물려받은 조선백자 항아리
역사가 흠집을 남겼는데도
항아리는 여전히 아름답다
가을, 항아리는 아담한 들꽃을
말없이 그러안고 있다

(다니카와 슌타로, 전문)


먼저 다니카와 슌타로가 "아버지에게 물려받은 조선백자 항아리/역사가 흠집을 남겼는데도/항아리는 여전히 아름답다"라 시문(詩門)을 열었다. 이어 "역사가 흠집을 남겼는데도"라는 표현은 일제 강점기를 뜻하는 말로, 가해와 피해를 동시에

언급하고 있다. '상처(흠집)'에 대해 서로 민감하지 않게 표현하고 있다. 이 시는 "가을. 항아리는 아담한 들꽃을/말없이 그러안고 있다"라는 시 구절을 통해 서정적으로 마무리된다. 조선의 항아리를 소재로, 역사적 아픔에도 불구하고 깊은 상처를 담담하게 풀어내는 모습을 선보인다.

    2
    간밤에 문득 이슬비 스쳐가더니
    소나무에도 새파랗게 물이 오르고
    동백도 벙긋이 입을 벌리기 시작했다
    이 모습 새롭게 항아리에 새겨
    바다 건너 벗들에게 전하고 싶구나

    (신경림, 전문)

신경림 시인은 다니카와 슌타로의 지난 역사적인 아픔이나 상처(흠집)에 대한 '사과'를 담담하게 받아들인다는 의미로 봄 정취에 대한 서정으로 대시(對詩)하고 있다. 자연을 바라보는 '조선 선비'의 단아한 모습을 초봄의 정취에 의지하여 담아내고 있다. 이는 계절의 변화에 따른 순환적인 자연 서정에 대한 노래이기도 하다. "이 모습 새롭게 항아리에 새겨/바다 건너 벗들에게 전하고 싶구나" 시적 자아는 일본 시인을 향해 우정의 따뜻한 인사를 보낸다. 이렇게, 두 시인은 순수 자연 서정을 통해, 시적 은유에 의지하여 지난 역사에 대한 아픔을 치유하고 화합을 이뤄낸다.

    3

뉴스에서는

나라들이 피를 흘리고 있지만

일기예보에서는

변덕꾸러기 구름이

수줍어하는 지구에다 베일을 씌우네


(다니카와 슌타로, 전문)


　다니카와 슌타로가 3번 시에서 먼저 '현실'의 문턱을 넘는다. "뉴스에서는/나라들이 피를 흘리고 있지만"은 당시 세계에서 일어난 사건 사고에 대한 아픔을 다루고 있다. 두 시인이 시를 주고받던 2014년 1, 2월 두 달 동안에 지구촌 곳곳에서 12건의 시위와 발포, 화재 사망, 종교 분쟁, 수송기 추락, 폭탄 테러, 여객기 추락, 건물 붕괴, 피살 사건 등 사건 사고가 유난히 잦았다. 이 때문에 지구촌 곳곳에서 많은 사람이 목숨을 잃었다. 뿐만 아니라 같은 시기에 "일기예보에서는/변덕꾸러기 구름이/수줍어하는 지구에다 베일을 씌우네"라고 하여 홍수, 폭설, 대지진, 한파, 폭염 등 천재(天災)와 기상(氣像) 이변으로 인한 재해도 유난히 많이 일어나 인명 피해가 심했다. 여기서 "베일"이란 환경파괴로 빚어진 자연재해를 은유적으로 표현한 말이다. 이렇게, 다니카와 슌타로가 지구촌 곳곳에서 테러와 자연재해와 같은 재앙으로 인간이 죽어가는 안타까운 현실을 시에 담고 있다. 이에 대해 신경림 시인도 분단의 문제로, 현실의 벽을 넘는다.


　4

휴전선의 밤바람은 봄이 와도 찬데

막 피기 시작한 들꽃들이

서로 장난질을 치며
양쪽에서 다투어
철조망을 기어 올라가고 있다

(신경림, 전문)


다니카와 슌타로가 세계의 현실에 눈을 돌리는 대신 신경림은 4번 시에서 한국 분단의 비극적인 현실을 시로 형상화한다. "휴전선의 밤바람은 봄이 와도 찬데"는 전 세계에서 유일한 분단국가로 남았으니 시적 자아의 현실 인식은 차가울 수밖에 없을 것이다. 이에 비해 자연은 무심하다. "막 피기 시작한 들꽃들이/서로 장난질을 치며/양쪽에서 다투어/철조망을 기어 올라가고 있다"라 하여 봄을 맞이하여 들꽃들은 생기가 넘친다. 여기서 "철조망"은 민족 분단을 상징하면서 동시에 민족의 아픔을 형상화 하는 시어다. 시 구절 "기어 올라가고 있다"는 앞에 시어들과 결합될 때 비로소 온전한 의미를 이루는데, 곧 인간이 만든 비극의 이념을 알 리 없는 "들꽃"들은 남과 북이 화합하여 양쪽에서 서로 다투어 피듯 천진난만하게 "장난질을 치며" 철조망을 수놓고 있다. 장벽은 여전히 삼엄한데 이에 비해 장벽에 피는 꽃은 평화롭기만 하다. 자연을 소재로 분단 현실의 비극을 심화시켜 주며, 민족 통일에의 염원까지 담고 있다.


6
하느님은 너무 나이가 드셨어
햇살에 몸이 뜨거워진 지구가
가쁜 숨결을 토해내도
심술쟁이 아이들이 군홧발로 그걸 짓밟아도

못 보시는 걸 보면……

(신경림, 전문)


신경림은 6번 시에서 지구 오염과 전쟁의 비극성을 동시에 제시한다. 이 세상에는 인간의 바람직한 삶을 위한 도덕이나 윤리 규범이 엄연히 존재하고, 세상의 정의를 지배하는 종교와 이를 관장하는 '절대적 존재 하느님'이 있음에도 불구하고 지구촌 곳곳에서는 온갖 재앙과 전쟁의 비극이 끊임없이 일어나는 현실을 희화화(戲畵化) 하고 있다. 맨 앞에 등장하는 "하느님은 너무 나이가 드셨어"가 이 시의 핵심 시 구절인데, 인간들이 신봉하는 하느님은 사리 판단을 제대로 못 할 만큼 (나이가 들어) 권위를 잃었다는 뜻이다. 이에 대한 예가 되는 시 구절로 "햇살에 몸이 뜨거워진 지구가/가쁜 숨결을 토해내도"이다. 즉, 환경오염의 현실에도 하느님은 못 본 척 오로지 침묵한다. 그리고 "심술쟁이 아이들이 군홧발로 그걸 짓밟아도""못 본 척 하시는 걸 보면"이라고 하여 폭력이 난무하는 현실과 이를 말리지 못하는 절대적인 존재를 희화화하며, 행간에서 원망까지 읽어낼 수 있다.

이렇게, '하느님에 대한 원망이나 희화화'는 신경림의 다른 시에서도 만날 수 있다. 시「하느님은 알지만 빨리 말하지 않는다」라는 수해의 현장에서 목사의 설교를 희화화 하고 있다. "모처럼 햇살이 눈부신 주일날, 수마가 할퀴고 간 폐허 위라서 더 밝고 환한 교회에서 집회가 열렸다. (집회에서) 목사가 소리 높여 설교하기를 "하느님은 알지만 빨리 말하시지 않는다."라고 했다. 시인은 수해로 집을 잃고 이웃을 잃고 삶의 터전을 잃은 사람들은 엎드려 "오오 하느님 울부짖기만 할 뿐"이라 하여 다시 절대적인 존재 하느님을 희화화 하고 있다. 시「신발들 － 아우슈비츠 수용소의」에서는 나치가 저지른 유대인 대학살이라는 폭력을 방치한 하느님을 비아냥거린다. "학살당한 사람들의 수천 수만 켤레 신발들이 쌓여 웅성 웅성 떠들고 있다.(…)"를 통해서 전쟁의 비극성을 고발하고 있으며, 이어 "하느님은 지금/어데서 어떤 눈으로 우리를 내려다보고 계시는가." 라고 하느님을 원망한다. 시「카운터에 놓여 있는 성모마리아상만은」은 일본 쓰나미가 휩쓸고 간 현장에서 폐허가 된 허허벌판을 바라보면서 하느님을 원망하는 시다. 이 역시 "하느님은 카운터에 놓여 있던 성모마리아상만은 거두시었을까."라고 비판적인 시각으로 바라보고 있다.

신경림의 현실의 아픔을 포착해내는 시의 시선은 여전히 예리하다.


8

할아버지의 평생의 꿈은 나라의 개화

그때 이웃이 힘이 되어 주리라 믿었다가

그 이웃이 도둑이 되는 걸 보고

평생을 술과 한숨으로 보낸 못난 사람

나는 그 한숨 속에서 시를 찾고


(신경림, 전문)


신경림은 8번 시에서, 원망과 풍자의 칼끝이 일제 강점기 역사를 향한다. "할아버지의 평생의 꿈은 나라의 개화"는 우리 민중 스스로 도탄에 빠진 나라를 구할 수 있다고 여겼다. 역사적으로 1894년 동학농민혁명이나, 3.1운동을 통해 민중의 역량을 과시했다. 그러나 일본은 갑오경장과 같은 개화를 핑계 삼아 개화에 대해 이웃이 되어 도와주기는커녕 한반도 침략을 자행했다. "그 이웃이 도둑이 되는 걸 보고"는 일본의 강제 병합을 의미한다. 이로 인해 지식인 진보주의자 할아버지는 "평생을 술과 한숨으로 보낸" 비관주의자가 되었다. 이로 인해 비관주의자는 '못난 사람"이 되어 한평생을 술로 살았다. 이는 신경림 시인의 할아버지 이야기다. "도둑이 된 이웃"이란 조선 침략에 대한 날선 공격이다. 그리하여 할아버지는 "한평생을 술과 한숨으로 보낸 못난 사람"이 되었다. 일제 침략의 짙은 역사의 그늘과 피압박자의 역사적 아픔을 일깨워주고 있다. 그 손자인 나는 "(할아버지의) 그 한숨 속에서 시를 찾고"라 했다. 신경림이 소년 시절을 일제 치하에서 보냈으니 일제 강점기 역사의 경험자인 셈이다. 그리고 그 아픈 역사의 고리는 분단과 6.25의 비극, 이를 넘어 민족의 비극으로 이어졌다. 신경림은 이 시로 '할아버지 (아버지) 나' 3대의 역사적 아픔을 제시하고 있다.

또 다른 아픈 현실에 대한 시를 보기로 한다.


10
남쪽 바다에서 들려오는 비통한 소식
몇 백 명 아이들이 깊은 물 속
배에 갇혀 나오지 못한다는
온 나라가 눈물과 분노로 범벅이 되어 있는데도 나는
고작 떨어져 깔린 꽃잎들은 물끄러미 바라볼 뿐

(신경림, 전문)


2014년 4월 16일, 진도 앞바다에서 수학여행을 가던 배 세월호가 침몰하여 299명의 학생이 사망하고 5명이 수장되는 엄청난 사고가 발생하자, 신경림의 대시는 바로 '현실'로 뛰어든다. "남쪽 바다에서 들려오는 비통한 소식…"은 역사에 남을 세월호 침몰 사건이다. 그러나 신경림 시인은 이 엄청난 비극 앞에서 아무것도 할 수 없는 무력감에 빠지고 만다. "온 나라가 눈물과 분노로 범벅이 되어 있는데도" 시적 자아는 행동으로 옮길 수 있는 게 아무것도 없는 안타까운 현실을 개탄할 뿐이다. 실제로 '진실 규명'을 요구하는 목소리가 사회 각계에서 나오긴 했지만 당시 정권은 이를 교묘한 방법으로 사건 진상을 회피하고 왜곡하고 통제했다. 그래서 시적 자아는 "고작 떨어져 깔린 꽃잎들을 물끄러미 바라볼 뿐"이라는 시 구절로 엄청난 비극에 대한 무력감을 드러낼 뿐이다. 여기서 "깔린 꽃잎"은 안타깝게 수장된 어린 넋의 은유이다.

이렇게, 24편의 대시 중 몇 편을 살펴보았다. 이 작품들은 일정한 기획에 의해 대시 형식으로 발표되어 신경림 후기 시의 온전한 세계를 보여주기에는 제한적일 수도 있겠다. 그러나 신경림의 보편적인 후기 시의 시적 특징을 담아내고 있다는 사실을 확인할 수 있다. 먼저, 사회를 향한 거시 담론과 미시 담론의 네 가지 시 유형이 모두 나타났다. 대시 4, 6, 8, 10번은 인류 재앙의 문제, 분단의 현실과 통일에의 염원, 일제 강점기의 아픔을 시화하여 거시 담론으로 문제를 직시하고 있다. 그리고 대시 1, 2번 시는 자연과 일상을 통한 서정적 현실주의적 경향을 보인다.

이제 신경림 시인의 최근의 시를 보기로 한다. 필자는 신경림 시인과 새로운 시와 시집 출간 계획에 대해 알아보기 위해 인터뷰를 했다.

여기서, 최근에 발표된 신경림의 시 2편 고찰은 후기 시를 정리하는 동시에 미래의 시를 전망하는 일이 될 것이다. 두 편의 시는 같은 제목 「새떼」로, 2016년과 2018년에 계간지 《창작과비평》에 발표되었다.

1

수천수만 마리 새들이 갯벌에 앉아 있다.

번갈아 날아올라 쏜살같이 물속으로 자맥질해 날렵한 몸매를 자랑하기도 하고,

낮은 하늘에서 둥글게 원을 그려 튼실한 날개를 확인하기도 한다.

그러다가 해가 기우뚱 수평선에 걸리고 서쪽 하늘이 새빨갛게 물들면

수천수만 마리 새들이 하늘로 올라 춤을 춘다.

멀리서 보면 똑같은 작은 새요 더 멀리서는 그냥 점들이다.

수천수만 개의 크고 작은 점들이 갯벌에 앉아 있고

크고 작은 점들이 춤을 춘다. 하지만

어떤 새는 아직도 깃털 속에 백두산 두메양귀비의 향내를 묻히고 있고, 또

어떤 새는 부리에 바이칼호의 물고기 비린내를 물고 있을 것이다.

사막의 모래가 발톱에 묻어 있는 새도 있고 초원의 마른 풀냄새가 몸에 배어 있는 새도 있을 것이다.

봄이 오면 돌아갈 곳도 제각각이리.

북쪽나라 추운 물가가 그리운 새가 있고 고랑밭 한가운데 자리잡은 늪을 꿈에 보는 새가 있으리.

먼 길을 날기에는 날개가 덜 회복된 새가 있고 몸이 가뿐히 잠시도 가만있을 수 없는 새가 있으리.

멀리서 보면 똑같은 점들이다.

수천수만 개의 크고 작은 점들이 갯벌에 퍼져 있기도 하고 하늘을 맴돌기도 한다.

2

생각도 다르고 생김새도 달라서

매일처럼 입에 침을 튕기며 서로 발길질하고 주먹질하는 우리들도

멀리서 보면 한갓 수천수만 개의 크고 작은 점들일까.

누가 옳고 무엇이 바른지도, 누가 잘나고 무엇이 비뚤어졌는지도 구별되지 않는

수천수만 개의 크고 작은. 멀리서 보면.


　-「새떼」 전문 (《창작과비평》(2016년 봄)


　이 시의 전반은 새에 대한 명상, 후반은 사람에 대한 명상 두 내용으로 구성되었다. 전반은 가까이서 보면 "각기 다른 새들"이지만 "멀리서 보면 똑 같은 작은 새요, 멀리서 보면 그냥 점들"일 뿐이다. 자연 속에 노니는 새와 새떼를 가까이서 혹은 멀리서 관찰하고 있다. 후반은 사람의 일로, "매일처럼 입에 침을 튕기며 서로 발길질하고 주먹질하는 우리들", "누가 옳고 무엇이 바른지도, 누가 잘나고 무엇이 비뚤어졌는지" 등은 서로 다투며 살아가는 사람들의 일상사를 보여주고 있다. 그리고 전반의 새떼와 후반의 사람들을 통합해 낸다. 멀리 떨어져서 보면(객관화시키면), 새가 한 점이듯, 우리의 삶 또한 한 점에 지나지 않는다는 의미를 상정한다. 이 시의 외피는 시적 자아가 자연 속의 '새떼'의 일원이 되어 노래하고 있지만, 결국 후기 시의 특징인 사람 사는 이야기를 담은 서정적 현실주의의 시다.

　이는 연륜이 있는 시인이 깊은 통찰과 명상 끝에 제시할 수 있는, 신경림 시인만의 고유의 정조로 보아야 할 것이다.

　다음 시는 같은 제목「새떼」로, 2018년에 발표되었다.

오랜 세월 내 몸에 들어와 둥지를 틀었던 것들이
둥지를 박차고 뛰쳐나갔다.
쏜살같이 하늘로 달려 올라간다.
새떼다.

나도 그것들을 좇아 내 몸에서 빠져나간다.
끼룩끼룩 꾸르르
새떼를 좇아 하늘로 날아오른다.
마을이 멀고 산이 까마득하다.
강도 바다도 먼 세상 꿈 속 그림 같다.

머지않아 천둥 번개를 만날 것이다.
천 길 낭떠러지로 곤두박질칠 것이다.
부리가 찢기고 날개가 부러져
어두운 골짜기 흙속에 처박힐 것이다.
하지만 그 중 몇은

훨훨 하늘로 날아오른다 다시
새떼가 되어서.
한때 제 거처였던 나를 까맣게 잊어버리고
이제는 한 점 이슬로 굴참나무 잎에 매달린 나를 멀리 바라보면서.

다 잊어서
아무것도 생각나는 것이 없어
찬란한 아침햇살에 날개들이 더 빛난다.

살아 있는 것은 다 아름답다

살아 있는 것은 아름답다
하늘을 훨훨 나는 솔개가 아름답고
꾸불텅꾸불텅 땅을 기어가는 굼벵이가 아름답다
날렵하게 초원을 달리는 사슴이 아름답고
손수레에 매달려 힘겹게 비탈길을 올라가는
늙은이가 아름답다
돋는 해를 향해 활짝 옷을 벗는 나팔꽃이 아름답고
햇빛이 싫어 굴속에 숨죽이는 박쥐가 아름답다

붉은 노을 동무해 지는 해가 아름답다
아직 살아 있어, 오직 살아 있어 아름답다
머지않아 가마득히 사라질 것이어서 더 아름답다
살아 있는 것은 다 아름답다

  -「새떼」전문 (《창작과비평》, 2018년 겨울)


  시 첫 행부터 시적 자아는 유폐의 경지에 들어선다. "오랜 세월 내 몸에 들어
와 둥지를 틀었던 것들이/둥지를 박차고 뛰쳐나갔다./쏜살같이 하늘로 달려 올라
간다."라 하여, 상황이 먼저 전개된다. 처음부터 시적 자아의 처신이 자유로워진
다. 이미 새는 내 몸 안에 둥지를 틀고 있었기 때문이다. 장자(莊子)가 꿈을 매개
로 나비가 되었다면 이 시에서 시적 자아는 곧장 새떼를 따라 하늘로 날아오른
다. 그리하여 새의 눈으로 본 세상은 "강도 바다도 먼 세상 꿈 속 그림 같다."라

고 했다. 뿐만 아니라 "머지않아 천둥번개를 만나고, 천 길 낭떠러지로 곤두박질쳐서 부리가 찢기고 날개가 부러져, 어두운 골짜기 흙속에 처박힐 것이다."라고 하여, 비록 엄청난 희생이나 고통이 따르겠지만 "(나는) 다시 새떼가 되어서" 날아오른다.

새떼로 변신한 시적 자아는 한층 더 자유로워진다. "(이제) 한 점 이슬로 굴참나무 잎에" 매달리게 된다. 그리고 이번에는 "아침 이슬의 눈"이 된다. 더 자유로워진 시적 자아의 눈에는 "다 잊어서, 아무것도 생각나는 것이 없어서, 찬란한 아침햇살에 날개들이" 더 아름답게 빛난다. 시적 자아는 한순간에 "살아 있는 것은 (모두) 아름답다"는 깨달음에 도달한다. 시적 자아의 눈앞에 연이어 아름다운 세상이 펼쳐진다. "하늘을 훨훨 나는 솔개가 아름답고/꾸불텅꾸불텅 땅을 기어가는 굼벵이가 아름답다/날렵하게 초원을 달리는 사슴이 아름답고/손수레에 매달려 힘겹게 비탈길을 올라가는/늙은이가 아름답다 (…)"이는 하늘 아래 세상의 모든 존재들, 심지어 손수레에 매달려 힘겹게 비탈길을 올라가는 늙은이까지도 아름답다. 그 아름다운 모습이 계속된다. "붉은 노을 동무해 지는 해가 아름답다/아직 살아 있어, 오직 살아 있어 아름답다" 특히, 시적 자아에게 현재가 아름다운 이유는 '머지않아 가마득히 사라질 것이어서' 더 아름답다고 말한다.

2편의 「새떼」는 일단 멀리서 보는 풍경이다. 시적 자아는 유폐의 과정을 거치지 않아도 곧장 "새떼가 되어" 혹은 "이슬이 되어" 어디든 도달할 수 있다. 이는 인간과 자연을 멀리서, 혹은 가까이에서 바라보며, 깊은 사유의 과정에서 만나게 되는 깊은 서정의 경지가 될 것이다. 이를 통해 독자는 인간과 자연이 어우러지는 아름다운 시를 만나게 되는 것이다.


신경림 시인은 지금도 틈만 나면 여행길에 나선다. 낯선 땅에 자신을 유폐시켜 놓고, '새떼'를 멀리 혹은 가까이에서, 그리고 보다 나은 현실을 탐구하기 위해 과거를 돌아보고 깊은 사유를 통해 삶의 이야기를 담은 서정의 세계를 펼쳐 보이게 될 것이다.

## 제5장 나오며

신경림 시인의 작품세계는 작품 자체의 예술적 심미적 성취의 관점에서 평가되기보다 주로 작품 외적인 측면, 특히 1970, 80년대에는 민중 · 민족문학론적 관점에서, 서사적 리얼리즘 측면에서 논의가 진행되었다. 이는 그 시대의 작품 평가나 연구가 당대의 시대적 담론에 편승했기 때문이다.

이 연구는 초기 시와 중기 시의 연구를 종합적으로 검토한 다음, 후기 시의 변화 양상을 고찰하고자 했다. 왜냐하면 시인 고유의 시 세계는 변할 수 있는 부분과 변할 수 없는 부분 두 요소를 함께 지니기 때문이다. 신경림의 후기 시를 고찰하기 위해 전통적인 문학연구 방법론에 속하는 역사 · 전기적 방법론을 택했다. 시인의 작품 연구를 위해서는 작품 자체의 분석도 중요 하지만 그가 살아온 삶의 과정과 사상 형성 과정, 사회 문화적 환경, 시인의 문학적 감성과 실천적 의지 등을 종합적으로 통합해 냄으로써 심도 있는 작품세계 분석이 가능하기 때문이다. 따라서 이 연구는 신경림 시인의 생애사와 사회 문학적 행적을 통해 그의 문학 사상적 형성 과정을 종합적으로 고찰하고자 했다. 이를 바탕으로 신경림 시인의 초기 시와 중기 시 후기 시의 시 세계 형성 과정과 변화 과정을 살필 수 있었다.

1990년대 접어들면서 미국과 소련을 중심으로 형성되었던 동서 이념대립이 베를린 장벽 붕괴를 기점으로 사회주의가 몰락했고 세계적으로 이념의 시대가 종말

- 171 -

을 고하게 되었다. 이에 따라 1990년대와 2000년대로 접어들면서, 한국사회의 진보주의 사회 역시 엄청난 지각변동을 겪게 되었다. 이념이 사라진 빈자리를 거대 금융자본주의에 기반을 둔 신자유주의가 차지하게 되었다. 이에 따라 역사나 현실, 민족과 사회와 같은 거시 담론이 퇴조하고 대신 소소한 일상이나 파편화된 개인의 문제와 같은 미시 담론이 주목을 끄는 시대가 되었다.

이에 따라 신경림의 후기 시는 거시 담론에서 미시 담론을 배경으로 한 작품으로 바뀌었으며, 이 글은 이 같은 후기 시의 변화 과정과 양상을 주목했다. 신경림의 후기 시는 1990년대 이후 사회의 핵심 문제로 등장한 거대 자본이 지배하는 신자유주의 앞에 점차 왜소화되어 가는 개인의 문제에 대해 새로운 방법으로 대응해야 했다. 즉 역사와 현실의 문제가 직설적으로 드러나던 방식에서 회고와 반성과 독백의 어조로, 혹은 소시민의 소소한 일상과 같은 개인의 문제에 천착하거나, 자기반성과 같은 내면 성찰과 사유와 명상의 시로 변화하게 된 것이다.

신경림의 후기 시의 구체적인 변화로, 중기 시의 리얼리즘 환경에서 자리 잡았던 민중, 민족, 통일, 노동, 민요, 농촌 문학론 등의 거시 담론을 배경으로 한 시가 점차 줄어들고 대신 개인과 작은 이웃을 향한 미시 담론의 시가 많이 나타나게 되었다. 그렇지만 후기 시에는 여전히 거시 담론의 사회와 집단을 향한 저항과 개인과 우리를 향한 저항 유형을 유지하고 있으며, 미시 담론의 시에서는 나와 가족, 나아가 작은 이웃의 문제를 돌아보며, 자연과 현실을 아우르는 두 가지 시 유형이 등장한다. 이 글은 이를 종합하여 총 네 가지 시 유형을 도출했고, 이를 토대로 후기 시 분석을 진행했다.

고찰의 주된 텍스트로는 시집 『쓰러진 자의 꿈』, 『어머니와 할머니의 실루엣』, 『뿔』, 『낙타』, 『사진관집 이층』 5권에 실린 287편의 시, 그리고 2014년 이후에 발표된 몇 편의 시를 분석 대상으로 삼았다. 도출 결과는 다음과 같다.

제3장에서는 이념이 사라진 시대에 현실 인식의 변화에도 불구하고 집단적이고 거시적인 담론을 배경으로 창작된 작품들이 어떤 변화 양상을 보여주고 있는지 살펴보았다. 1절에서는 여전히 1970, 80년대의 사회 집단을 향한 시적 정서가 남은 민중, 민족, 통일, 노동시 계열의 작품들을 살폈다. 다만 이 작품들은 시대의 변화에 따른 과거 이념에 대한 반성적 거리 두기를 통해 회한의 정조를 드러내기도 했다. 2절에서는 거대 자본이 지배하는 사회에서 왜소화되어 가는 개인 혹은 소집단의 현실적인 문제를 직설적인 언어로 비판하는 시들을 고찰했다. 시인은 글로벌화 된 시대를 맞이하여 세계 곳곳을 자유롭게 여행하면서 그곳의 풍경을 통해 자신과 주변을 더 객관적으로 돌아보았다. 신자유주의의 문제적 현실을 비판하는 기행시가 많아진 것도 이 계열 시의 특징 중 하나이다.

제4장, '인간과 자연의 서정 세계'의 장은 미시 담론과 관련된 작품을 대상으로, 인간과 자연에 대한 통찰과 명상으로 빚어진 작품들을 분석했다. 먼저 1절에서는 나와 가족, 그리고 그의 주변 인물을 돌아보는 태도에 주목했다. 신경림은 이 같은 일상적인 이웃의 삶을 깊은 사유를 통해 반영하면서, 자기 자신을 반성하는 계기로 삼고, 보편적인 삶의 의미까지 탐구해내고 있다. 2절에서는 자연과 일상의 문제를 통찰하여 서정의 지평을 넓혀가는 시 유형이다. 이 시는 그동안 거시 담론에 묻혀 미처 발견하지 못했거나 인식하지 못했던 자연과 주변의 작고 소소한 일상적인 것을 통찰하여 그 존재나 가치의 소중함을 잔잔하게 들려준다. 시인은 일상적인 소재를 깊은 사유와 명상의 과정을 거쳐 자연과 일상의 서정이 통합된 시 세계로 확장해 나간다. 이는 현실에 대한 관심을 지속시키면서 서정성을 강화하거나 확장해 나가는 특징으로도 볼 수 있을 것이다. 이처럼 시인은 일상과 주변적인 소재를 통찰하여 과거와 현실, 삶과 죽음의 경계를 넘어서는 근원의 세계, 혹은 초월적인 세계로 시적 상상력을 심화 확장해 나간다. 결국 이상의

연구 과정을 '서정적 현실주의'라는 용어로 명명해낼 수 있는데, 이는 신경림의 후기 시에서 나와 가족, 나아가 작은 이웃에 대한 시적 관심을 이전과는 다른 방법으로 형상화해 내는 방식을 설명하기 위한 용어였다.

3절에서는 신경림 시인의 마지막 시집 『사진관집 이층』(2014년) 이후의 시들을 고찰했다. 시인은 2014년 1월부터 6월까지 일본의 국민시인으로 알려진 다니카와 슌타로(谷川俊太郎)와 24편의 '대시(對詩)'를 주고받았다. 이 작품들은 왜곡된 현실에 대한 저항과 소소한 일상의 문제를 주로 다루는 '서정적 현실주의' 경향의 후기 시적 특징을 두루 보여주고 있다. 그리고 2016년과 2018년에 발표한 2편의 같은 제목의 시 「새떼」도 대상에 대한 관조와 사유를 통한 깊은 서정의 시세계를 보여주고 있었다.

이렇게, 신경림은 후기 시에서도 여전히 현실 문제에 관심을 기울이면서, 변화하는 시대 현실에 어떻게 대응해야 할 것인가에 대한 시적 고뇌의 과정을 통해 그만의 독특한 작품세계를 선보이게 된 것이다. 이는 신경림의 후기 시가 최첨단 정보화 사회에서 정체성을 상실할 위기에 처한 현대인들에게 위안이 되고 정신적인 안식처를 마련해 주는 시라고 볼 수 있는 근거이기도 하다.

이상의 연구 과정을 통해 밝혀낸 결과를 요약하면 다음과 같다.

첫째, 집단적이고 거시적인 담론의 저항시가 꾸준히 발표되었다. 비록 톤은 낮아졌지만 여전히 직설 언어로 민중, 민족, 통일, 노동 계열의 진보주의적인 시들을 선보였다.

둘째, 이념이 사라진 빈자리에 들어선 거대 자본이 지배하는 신자유주의 사회의 왜곡된 현실에서 왜소해진 개인이나 작은 이웃을 향하는 시인의 시선은 자기 반성적이거나 회고의 방법으로, 낮지만 여전히 저항적인 목소리를 담아내고 있다.

셋째, 미시 담론과 관련된 작품으로, 나와 가족 나아가 작은 이웃을 향한 시선이 여전히 따뜻하다. 주변적이고 일상적인 소재들은 깊은 사유를 통해 새로운 세계를 보여주는데, 시의 문제는 원초적이고 근원의 세계를 지향한다.

넷째, 자연과 일상의 소소한 소재를 통찰하여 그 존재나 가치의 소중함을 잔잔하게 들려준다. 이 같은 시적 변화는 '서정적 현실주의' 세계로의 전환이나 확장을 의미하는데, 깊은 사유와 통찰을 통해 과거와 현실, 삶과 죽음의 경계를 넘어서는, 깊은 서정 세계로 심화된다.

다섯째, 신경림 시인의 『사진관집 이층』(2014) 이후에 발표된 작품들 역시 왜곡된 현실에 대한 저항과 소소한 일상의 문제를 다루는 '서정적 현실주의' 경향을 보여주고 있다. 최근에 발표된 2편의 시 「새떼」는 인간과 자연을 멀리서 조망하며, 사유와 명상으로 깊어진 서정적인 시 세계를 보여주고 있다.

이상의 연구를 통해, 신경림 시인은 한 생애에 걸쳐 한국문학의 리얼리즘 시계(詩界)를 선도해 온 시인임을 확인할 수 있다. 특히 이념이 사라진 1990년대 이후에도 신경림의 시적 관심은 여전히 시대와 왜곡된 현실, 소외된 작은 이웃의 삶을 향하고 있었다. 결국 신경림의 후기 시는 사회 현실과 역사 안팎에서 조응하며, 투철한 내면 성찰로 시대의 변화에 따라 리얼리즘 시 세계를 확장, 심화시키고 있다고 할 수 있다.

신경림 시인이 1956년에 문단에 나왔으니 2020년 현재를 기준으로 신경림은 창작 활동 65년에 이르는 시인이다.

끝으로 신경림 시 세계에 대한 문학사적 위상을 정리하는 것으로 결론을 대신하고자 한다.

첫째, 신경림 시인은 일제 강점기, 해방 공간 혼란 시기, 6.25전쟁, 1960년대의 4.19혁명과 5.16군사쿠데타, 1970년대의 유신정권, 1980년대 신군부정권과 민주화운동, 1990년대 탈이념과 포스트모더니즘, 2016~2017년 촛불혁명까지 격동의 시대적 삶을 육화해 한국 리얼리즘 시를 이끌었다.

둘째, 신경림은 한국문학에서 리얼리즘 시계(詩界)를 선도해온 시인으로, 1970년대부터 80년대 민중, 민족, 통일, 노동, 농촌, 도시 빈민, 독재에의 저항 등 역사와 현실에 맞서 투철하게 시로 대항해 온 시인이다.

셋째, 이념이 사라진 1990년대, 2000년대 이후 진보 진영의 시인이 시대에 어떻게 대응해야 하는지 바람직한 시의 변화 양상을 제시하고, 이를 선도적으로 수행해 온 시인이다.

넷째, 1990년대와 2000년대 이후 사회 집단의 거시 담론이 사라진 시대에도 투철한 자기 성찰과 내면화를 통해 독특한 시 창작 방법으로 고유의 시 세계를 구축해 온 시인이다.

다섯째, 1990년대 이후, 미시 담론의 시대에 나와 가족, 나아가 작은 이웃을 향한 따뜻한 시선의 시, 일상적인 소재를 명상과 사색을 통해 새로운 현실적 서정주의 시 세계를 구축했다.

여섯째, 시의 경향에 대한 정서적인 균형을 갖춰 편협한 민족주의자나 이데올로기만을 신봉하는 진보주의자가 아닌 유연한 문학론 소유의 시인이다.

일곱째, 최첨단 정보화 사회에서도 시대에 순응하되, 시류에 흔들리지 않고 시인이 가야 할 길을 진단하고, 그 길을 모범적으로 걸어온 시인이다.

여덟째, 자연 혹은 동양적 자연관에서 유추되는 유기체적 생명 시론을 통해 나와 가족, 작은 이웃을 넘어 인류애적인 세계관을 갖춘 시인이다.

이 글은 후기 5권의 시집을 중심 텍스트로 해서 변화 양상을 분석했고, 그의 평론, 산문 또는 산문집, 대담, 기행, 수필, 인터뷰를 통해 생애사와 문학 사상의 형성 과정, 사회 환경과 문학 환경 등을 폭넓게 고찰하고자 했으나 방대한 자료

를 제대로 수용하지 못한 한계가 있었다. 이는 후속 연구 과제로 남겨두고자 한다.(*)

【부록 1】신경림의 생애 및 작품 연보

* 시기 별로 정리했으며, 시기를 알 수 없는 경우 맨 앞에 두었다.
** 나이 표시는 해가 시작될 때【생애】에만 수록했다.

1935.04【생애】충청북도 충주시 노은면 연하리 상입장 470번지(현 충주시 상입장길 44) 본관(本貫) 아주(鵝州) 신씨(申氏) 집성촌에서 부친 신태하(申泰夏)와 모친 곡산 연씨(연인숙) 사이에서 4남 2녀 중 장남으로 출생.

1942.03 【생애】(8세) 노은국민학교에 입학.

1948.03 【생애】(13세) 충주사범 병설 중학교에 입학.

1950.00 【생애】(15세) 삼촌 신태은(申泰銀)이 6.25 때 시류에 휩쓸려 희생.

1952.03 【생애】(17세) 충주고등학교에 입학.

1954.02 【생애】(19세) 충주고등학교 3학년 직전, 헌책방에서 일어판 도스토옙스키 전집(10권)을 우연히 발견하고 읽기 시작하면서 입시 공부에 등한하게 된다. 이때가 인생의 고비였다고 술회.

1955.03 【생애】(20세) 동국대학교 영문과 입학.

1955.04 【생애】 독서회에 가입하여 '공산당 선언' 등의 유물사관 철학 서적 탐독

1955.12 【생애】 대학 3학년 때 이한직의 추천으로 《문학예술》지에 「낮달」「갈대」(1956.02)「석상」(1956.04)「심야」(1956.06)「오후」(1956.11) 등을 발표하면서 시인으로 등단하여 활동함.

1956.00 【생애】(21세) 가세가 극도로 기울어짐.

1957.03 【생애】(22세) 낙향하여 농사 공사판 노동 광산일 아이들 가르치기, 친구 따라 장사하기 등 많은 사람들을 만나고, 그들을 위해 노래하고, 그들에게 따뜻한 이야기를 들려줘야 한다는 생각을 가지게 된다.

1957.04 【시】「유아」, 《문학예술》.

1962.00 【생애】(27세) 고향에 있는 술집에서 막걸리를 마시면서 현실을 비판했다고 해서 투옥되었다가 29일 만에 기소유예로 출소.

1963.00 【생애】(28세) 이강임(李康姙)과 약혼, 결혼.

1965.00 【생애】(30세) 서울로 올라와 한국일보에 겨울밤을 발표하면서 작품 활동을 재개함.

1965.00 【생애】홍은동 김관식의 집에서 6개월 살다가 안양으로 거처를 옮기다.

1965.12 【시】「산읍일지」, 《여상》.

1967.02 【생애】(32세) 동국대 문리대 영문과 졸업장을 뒤늦게 받음.

1968.00【생애】(33세) 출판사 새우회 근무.

1969.08【시】「농자천하지대본」,《현대시학》.

1969.08【시】「제삿날 밤」,《월간문학》.

1969.00【생애】(34세)《교육평론》지에 편집부원, 동아출판공사 편집장으로 재직, 이도 기관의 사주로 70년대 중반에 그만두다.

1970.00【생애】(35세) 생계를 위해 하던 YMCA 영어 학원 강사 그만두다.

1970.08【생애】아내 이강임 여사 2년 여 투명 끝에 세상을 뜨다.

1970.01【시】「원격지」,《동국시집》.

1970.09【시】「눈길」「그날」「파장」「벽지」「산1번지」등을 《창작과비평》에 발표.

1971.03【시】「경칩」,《월간문학》.

1971.05【시】「그들」,《월간중앙》.

1971.09【시】「서울로 가는 길」 외,《창작과비평》.

1972.01【시】「그 겨울」,《월간중앙》.

1972.03【시】「3월 1일 전후」,《창조》.

1972.03【시】「폭풍」 외,《문학과지성》.

1972.05【시】「안면」,《세대》.

1972.05【시】「잔칫날」,《월간중앙》.

1972.06【평론】「농촌현실과 농민문학」,《창작과비평》.

1972.07【시】「장마 뒤」 외,《문화비평》.

1972.08【시】「산읍기행」,《다리》.

1972.08【시】「실명」,《신동아》.

1972.12【시】「시제」,《월간중앙》.

1973.03【평론】「김광섭론」,《창작과비평》.

1973.00【시집】『농무』(초판 1973 월간문학사, 증보판 1975 창작과비평사).

1973.03【평론】「문학과 민중 - 현대한국문학에 나타난 민중의식」,《창작과비평》.

1973.09 【시】「골목」, 《기원》.

1973.09 【시】「달빛」 외, 《창작과비평》.

1973.09 【시】「친구」, 《월간중앙》.

1974.00 【생애】(39세) 첫 시집 『농무』로 제1회 만해문학상 받음.

1974.01 【평론】「농촌, 농민, 그 시」(좌담), 《한국문학》.

1974.03 【시】「50년 그 여름」, 《문학사상》.

1974.06 【시】「겨울밤」 외, 《창작과비평》.

1974.12 【시】「어둠 속에서」 외, 《창작과비평》.

1975.00 【생애】(40세) 자유실천문인협회 초대 간사.

1975.00 【생애】서울 길음동에 허름한 집 한 채 마련(조모, 부모, 처자가 거처).

1975.03 【시집】신경림, 『농무』(증보판), 창작과비평사.

1975.08 【시】「군자에서」, 《현대문학》.

1975.08 【시】「나는 부끄러웠다 어린 누이야」, 《한국문학》.

1975.09 【시】「어허 달구」 외, 《세계의문학》.

1975.09 【시】「함성」 외, 《창작과비평》.

1977.10 【생애】(42세) 자유실천문인협회 임시 대표 간사(고은, 조태일 긴급조치 9호 위반에 따른 긴급 간사회의 결정.

1977.07 【산문집】『문학과 민중』, 민음사, 일어판 「농무」(梨花書房) 출간.

1977.10 【생애】이 무렵 조모가 타계한데 이어 채 1년이 못 되어 부친이 작고함.

1977.03 【평론】「누구를 위한 문학인가」, 《문학과사회》.

1977.09 【평론】「문학과 교육의 지평」(서평), 《세계의문학》.

1978.02 【시】「나루터 일기」 외, 《문학과지성》.

1978.11 【평론】「시는 무엇을 위해 쓰는가 -80년대 문학을 향하여」(대담:김우창), 《한국문학》.

1978.12 【시】「새재」, 《창작과비평》.

1979.03 【생애】(44세) 시집 『새재』 간행(창작과비평사).

1979.03 【평론】「다섯 권의 시집」(서평 : 고은, 송혁, 정희성, 김창완, 문충성), 《창작과비평》.

1979.05 【시】「진달래」, 《한국문학》.

1980.00 【생애】(45세) 진문출판사 기획위원으로 있었으나 기관의 공작으로 그만두다.

1980.02 【시】「동이 트기 전」, 《한국문학》.

1980.03 【시】「친구여 지워진 네 이름 옆에」, 《창작과비평》.

1980.07 【생애】김대중 내란음모 사건에 연루되어 서대문 구치소에 수감, 2개월 만에 공소기각으로 풀려남(당시 고은 송기원 조태일 구중서 등이 함께 연행되었고, 고은 송기원은 징역을 살았다).

1981.00 【생애】(46세) 제8회 한국문학작가상 수상.

1981.00 【생애】『한국현대시의 이해』(엮음, 한길사).

1981.00 【시】「남한강」, 《창작과비평》.

1981.08 【평론】「읽히는 시가 되기 위하여」, 《한국문학》.

1981.08 【평론】문순태 장편소설「걸어서 하늘까지」, 《한국문학》.

1981.09 【시】「강물 1」외, 《문예중앙》.

1981.11 【시】「고향길」, 《한국문학》.

1981.12 【생애】제8회 한국문학 작가상 수상.

1982.12 【생애】(47세) 시 감상집『우리의 노래여 우리들의 넋이여』(지인사) 출간.

1982.01 【시】「고향길」, 《한국문학》.

1982.02 【시】「길 1」외, 《소설문학》.

1982.02 【평론】「무엇을 어떻게 쓸 것인가 - 70년대의 반성과 80년대에의 길」, 정경문화.

1982.02 【평론】「민중의 발견과 문학에 있어서의 참여 - 몇 가지 최근의 관심사를 중심으로」, 숙대학보.

1982.03 【평론】「시와 메시지의 전달기능」,《마당》.

1982.03 【평론】「역사의식과 농촌의식의 시」,《충청문예》.

1982.04 【평론】「리리시즘에 대하여」,《마당》.

1982.06 【평론】「꿈틀거리는 생명체」(서평),《문예중앙》.

1982.06 【평론】「삶의 진실과 시적 진실」,《마당》.

1982.12 【평론】「외래적 비평사조와 주체적 문학이론」,《문예중앙》.

1982.12 【생애】평론집『삶의 진실과 시적 진실』(전예원) 출간.

1983.12 【편저】『농민문학론』, 온누리, 출간.

1983.08 【평론】「삶과 사물에 대한 정서적 접근의 문제」,《한국문학》.

1984.00 【생애】민요연구회를 결성, 89년까지 의장으로 활동. 자유실천문인협의회 고
문, 민청련 지도위원.

1984.02 【시】「엿장수 가위 소리에 넋마저 빼앗겨」 외,《문예중앙》.

1984.03 【평론】「역사와 현실에 진지하게 대응하는 시들」(서평),《오늘의 책》.

1984.07 【시】「진도의 무당」 외,《학원》.

1984.09 【시】「낙동강 유역의 아우성」,《마당》.

1984.09 【평론】「이향민의 노래와 삶」(서평),《문예중앙》.

1984.10 【시】「열림굿 노래」 외,《실천문학》.

1984.00 【생애】(49세) 자유실천문인협회 고문, 민주화청연운동연합 지도위원 역임

1984.00 【생애】 민요연구회 결성 운영.

1985.09 【산문집】『민요기행』, 한길사.

1985.10 【시】시집『달 넘세』(창작과비평사), 수필집『한밤중에 눈을 뜨면』(나남).

1985.04 【시】「쇠무지벌」, 창작과비평 신작시집.

1986.07 【평론】(51세) 평론집『우리 시의 이해』(한길사).

1986.07 【수필집】『다시 하나가 되라』(어문각).

1986.12 【시】「북한강」 외,《세계의문학》.

1987.05 【시】「따뜻한 남쪽나라」외, 《우리시대의 문학》.

1987.11 【시】「명매기 집」외, 《창작과비평》.

1987.05 【시선집】『씻김굿』, 나남 .

1987.01 【생애】(52세) 장시집『남한강』(창작과비평사),

1987.01 【시집】『남한강』, 《창작과비평》.

1987.02 【시】「새벽달」외, 《문학과 역사》.

1987.06 【시】「새벽 안개」외, 《실천문학》.

1987.08 【시】「별의 노래」외, 《문학예술운동》.

1988.04 【산문집】『진실의 말 자유의 말』, 세계문학사.

1988.07 【시】(53세) 시집『가난한 사랑노래』,실천문학사.

1988.11 【시】시선집『우리들의 북』(문학세계사),

1988.03 【시】「홍천강」외, 《창작과비평》.

1988.09 【시】「철조망 너머의 해돋이」외, 《한국문학》..

1988.00 【수필집】『진실의 말 자유의 말』(세계문학사) 출간.

1988.10 【시】「우리의 소원」외, 《한국문학》.

1988.11 【시】「섬」외, 《한국문학》.

1989.01 【생애】(54세) 『민요기행2』(한길사) 출간.

1989.00 【시】「기행시첩」, 《한국문학》.

1989.03 【시】「강마을의 봄 - 가흥에서」, 《샘이깊은물》.

1989.04 【시】「꽃 - 이 땅의 누이들에게」외, 《노동문학》.

1989.08 【시】「십만 백만 천만의 횃불이 되어」,《현대시학》.

1989.11 【시】「바리데기」외, 《노동해방문학》.

1989.12 【시】「무엇이 우리를」, 《민족과 문학》.

1990.04 【생애】(55세) 시집『길』로 제2회 이산문학상 수상.

1990.04 【기행시집】『길』, 창작과비평사.

1990.06 【시】「진달래」,《실천문학》.

1990.08 【시】「느티나무」 외,《문학정신》.

1990.12 【시】「홍수」 외,《사상문예운동》.

1991.11 【생애】(56세) 시선집『여름날』(미래사) 출간.

1991.03 【시】「겨울숲에서」,《신동아》.

1991.09 【시】「임진강에 가서」 외,《창작과비평》.

1991.12 【생애】자유실천문인협회 회장 및 민족 예술인총연합회 공동의장.

1992.00 【문학기행집】『강 따라 아리랑 따라』(문이당) 출간.

1992.00 【생애】(57세) 민족문학작가회의 의장.

1993.01 【생애】(58세) 자유실천문인협회 회장 퇴임.

1993.00 【생애】출국금지가 풀려 연변, 백두산 등 중국 동북지방을 여행함.

1993.02 【시선집】『신경림 문학앨범』, 웅진출판.

1993.10 【시집】『쓰러진 자의 꿈』, 창작과비평사. 출간.

1994.00 【생애】(59세) 단재문학상 수상.

1995.01 【산문집】『사람 사는 이야기』, 세림, 출간.

1995.00 【생애】(60세) 프랑스어 판『쓰러진 자의 꿈』이 갈리마르 출판사에서 출간. 12월 빠리에서 열린 한국문학의 해 행사에 박완서 고은 조세희 등과 참석.

1996.06 【시집】『갈대』, 솔출판사, 출간.

1997.00 【생애】(62세) 동국대 석좌교수에 위촉됨. 이해 여름 4주에 걸쳐 중국 동북지방의 조선족 민요를 찾아 여행.

1998.00 【생애】(63세) 제6회 대산문학상, 제8회 공초문학상 수상.

1998.03 【생애】(사)민족문학작가회의 이사장(3월17일 제11차 정기총회)-1999년 12월까지).

1998.03 【시집】『어머니와 할머니의 실루엣』, 창작과비평사.

1998.10 【산문집】『시인을 찾아서』, 우리교육.

1998.00 【생애】콜롬비아에서 열린 세계시인대회에 참석하여 한국 시의 특성에 관한 내용으로 강연.

1999.03 【시집】영어판 『농무』가 미국 코넬대의 '코넬동아시아 씨리즈'로 출간.

1999.00 【생애】(64세) 독일 함부르크에서 열린 '한국문학의 날'행사에 이문열 김원일 등과 참석.

1999.07 【시집】『목계장터』, 찾을모.

2000.00 【수필집】자전 수필집 『바람의 풍경』(문이당) 출간.

2000.00 【시선집】창비시선 200번 발간 기념시집 『불은 언제나 되살아난다』, 창작과비평사 엮음, 출간.

2001.04 【생애】(66세) 제6회 현대불교문학상 수상.

2001.03 【생애】만해시인학교 교장.

2001.03 【생애】난고문학상 운영위원장 (2002년까지).

2002.08 【생애】(67세) 제6회 만해 시문학상 수상.

2002.00 【생애】은관문화훈장 수상.

2002.07 【시집】『뿔』, 창작과비평사.

2002.00 【산문집】『시인을 찾아서』2, 우리교육 출간.

2003.03 【생애】(68세) 만해마을 대표.

2003.03 【생애】독일어판 『어머니와 할머니의 실루엣』이 펜드라곤 출판사에서 출간.

2004.03 【시선집】『신경림 시 전집』(1, 2), 창작과비평사

2004.00 【생애】(69세) 대한민국예술원 회원(문학).

2004.00 【시선집】시집『농무』가 프랑크푸르트 국제도서전 주빈국 조직위에서 '한국의 책 100권'중 한 권으로 선정.

2005.03 【생애】(70세) 제5회 투병문학상 심사위원회 위원장.

2005.05 【생애】사단법인 문화문 고문.

2007.10 【생애】(72세)노무현 정부 때 경제문화단체 일원으로 북한을 기행하다.

2007.12 【생애】 스웨덴 시카다상.

2008.02 【시집】『낙타』, 창작과비평사.

2009.04 【생애】(74세) 호암상(문학부문) 수상.

2009.05 【수필집】『못난 놈들은 서로 얼굴만 봐도 흥겹다』, 문학의문학.

2011.08 【산문집】『(신경림의) 시인을 찾아서 1-2』.

2012.00 【시집】『목계장터』, 창비.

2012.05 【동시집】『꼬부랑 할머니가』, 계수나무.

2012.05 【동시집】『엄마는 아무것도 모르면서』, 실천문학사.

2013.07 【시집】『갈대』, 한국대표 명시선 100, 시인생각.

2014.01 【시집】『사진관집 이층』, 창비.

2014.06 【시집】 독일어판 『어머니와 할머니의 실루엣』, 일본어 번역시집 『ラクダに乗って : 申庚林詩選集』(吉川凪 訳)이 출판.

2014.00 【산문집】『(신경림의) 시인을 찾아서』우리교육.

2015.03 【시집】신경림 . 다니카와 슌타로(谷川俊太郎), 요시카와 나기(吉川凪) 옮김, 『모두 별이 되어 내 몸에 들어왔다』, 예담.

2016.03 【시】「새떼」《창작과비평》 봄호.

2017.04 【수필집】(엮음)『뭉클』, 책읽는섬.

2018.12 【시】「새떼」《창작과비평》 겨울.


【부록 2】 후기 시의 네 가지 분류


<표1> 진보적 이상에 대한 회고와 반성의 시


| 시집 명<br>(편수) | 시 제목 |
|---|---|
| 『쓰러진 자의 꿈』 | 「홍수」「파주의 대장장이를 만나고 오며」「문산을 다녀와서」「파고 |

| (10) | 다공원에서」「나목(裸木)」「파도」「낙조(落照)」「어둠 속으로」「임진강」「풍요조(風謠調)1」 |
|---|---|
| 『어머니와 할머니의 실루엣』 (14) | 「별」「남도로실(南道路室)」「묵뫼」「찌그러진 작업화」「또 한번 겨울을 보낸 자들은」「추운 가을」「진눈깨비 속을 가다」「마을버스를 타고」「너무 먼 길」「두만강」「만포선」「하얀 벽, 붉은 글씨」「전쟁박물관」「간이주점 '타까라야'처마 밑에서」 |
| 『뿔』 (9) | 「강 건너 남쪽」「고구려 벽화」「비」「少女行(소녀행) 1」「少女行(소녀행) 2」「연어」「이웃 아낙네들」「집으로 가는 길」「추석」 |
| 『낙타』 (7) | 「너무 오래된 교실」「히말라야의 순이」「눈발이 날리는 세모에」「버리고 싶은 유산」「유경소요(柳京逍遙)」「조랑말」「팔레스타인 해방 만세!」 |
| 『사진관집 이층』 (6) | 「빨간 풍선」「나의 예수」「낯선 강마을에서 한나절」「드네쁘르 강, 아름답고 아름다운」「세월청송로(歲月靑松老)」「쓰러진 것들을 위하여」 |
| 총 287편 중 46편 | |

<표2> 왜곡된 현실에 대한 비판과 저항의 시

| 시집 명 (편수) | 시 제목 |
|---|---|
| 『쓰러진 자의 꿈』 (14) | 「산성(山城)」「담장 밖」「빛」「나무를 위하여」「진드기」「소백산의 양떼」「내가 사는 나라는」「초승달」「전정(剪定)」「난장이패랭이꽃」「풍요조(風謠調) 2」「낙동강 밤마리 나루」「다리」「거인의 나라」 |
| 『어머니와 할머니의 실루엣』 (11) | 「솔개」「노고지리」「덫」「이제 이 땅은 썩어만 가고 있는 것이 아니다」「늙은 투사의 노래」「장대철도(長大鐵道)」「가라오께집」「손가장소학교(孫家莊小學校)」「우군주점소저(友君酒店 小姐)」「코카비치」「잔잔한, 슬픈 미소」 |
| 『뿔』 (5) | 「강은 가르지 않고, 막지 않는다」「개」「말을 보며」「비에 젖는 서울역」「흘러라 동강, 이 땅의 힘이 되어서」 |
| 『낙타』 (19) | 「Cogito, ergo sum」「가장 살고 싶은 도시로 꼽았다는」「공룡, 호모사피엔스, 그리고…」「그분이 저 높은 데서」「나마스떼」「미국기행」「보르도에서 만난 부처님」「사막 건너기」「세계화는 나를 가난하게 만들고」「아, 막달라 마리아조차!」「용서」「유송도(游松都)」「유폐」「이슬에 대하여」「인샬라」「차이니스 레스토랑」「카파도키아의 호자」「코니아의 동전」「하느님은 알지만 빨리 말하지 않는다」 |
| 『사진관집 이층』 (14) | 「누구일까」「마음이 가난한 자는 복이 있나니」「말」「봄비를 맞으며」「블리야뜨의 소녀」「빙그레 웃고만 계신다」「새, 부끄러움도 모 |

| | 른 채」「섬」「신발들」「옛 나루에 비가 온다」「원 달러」「위대한 꿈 -캄보디아에서」「인생은 나병환자와 같은 것이니」「카운터에 놓여 있는 성모마리아상만은」 |
|---|---|
| 총 287편 중 63편 | |

<표3> 가족과 작은 이웃 돌아보기의 시

| 시집 명 (편수) | 시 제목 |
|---|---|
| 『쓰러진 자의 꿈』 (21) | 「냇물을 보며」「장미와 더불어」「무인도(無人島)」「기차」「행인」「날개」「만남」「토성(土城)」「대설전(大雪前)」「오랑캐꽃」「별」「가을비」「달, 달」「봄날」「새벽」「폐촌행(廢村行)」「고향에서 하룻밤을 묵으며」「화톳불, 눈발, 해장국」「늙은 홰나무의 말」「밤차를 타고 가면서」「1988년을 보내는 짧은 노래 세 토막」 |
| 『어머니와 할머니의 실루엣』 (20) | 「손」「마주치면 손톱을 세우고 이빨을 갈다가도」「어머니와 할머니의 실루엣」「더딘 느티나무」「아버지의 그늘」「귀뚜라미가 나를 끌고 간다」「세월이 참 많이도 가고」「돌 하나, 꽃 한송이」「성탄절 가까운」「노래 한마당」「새」「마른 나무에 눈발이 치는 날」「노을 앞에서」「세밑에 오는 눈」「객창에서 바람소리를 듣다」「귀성열차」「감이 붉으면」「낮달」「숨막히는 열차 속」「석복진(惜福鎭)의 오일장」 |
| 『뿔』 (19) | 「강 저편」「개미를 보며」「乞人行(걸인행) 1」「乞人行(걸인행) 2」「까페에 앉아 K331을 듣다」「꿈」「遁走(둔주)」「맹인」「바람」「불」「비」「빛」「산토끼」「신의주」「隣人(인인)」「저 소리는 어디에서」「편지」「한 오백년 뒤의」「활엽수」 |
| 『낙타』 (9) | 「그녀의 삶」「나와 세상 사이에는」「누군가 보고 있었을까, 아내의 맨발을」「따뜻한 손, 할머니의」「매화를 찾아서」「아름다운 저 두 손」「어깨」「즐거운 나의 집」「포카라, 번다, 마치푸차례」 |
| 『사진관집 이층』 (12) | 「가난한 아내와 아내보다 더 가난한 나는」「가을비」「나의 마흔, 봄」「남포 갈매기」「다시 느티나무가」「불빛」「안양시 비산동 489의 43」「이 땅에 살아 있는 모든 것을 위하여」「이 한 장의 흑백사진」「정릉동 동방주택에서 길음시장까지」「정릉에서 서른 해를」「찔레꽃은 피고」 |
| 총 287편 중 81편 | |

<표4> 자연과 현실의 아우르기의 시

| 시집 명<br>(편수) | 시 제목 |
|---|---|
| 『쓰러진 자의 꿈』<br>(21) | 「진달래」「길」「비에 대하여」「싹」「겨울숲」「먼길」「아카시아를 보며」「낙일(落日)」「폐역(廢驛)」「우중음(雨中吟)」「우리 동네 느티나무들」「태풍이 지나간 저녁 들판에서」「앞이 안 보여 지팡이로 더듬거리며」「댐을 보며」「우리 시대의 새」「말골분교 김성구 교사」「자리 짜는 늙은이와 술 한 잔을 나누고」「날이 밝아 길 떠날 채비를 하면서」「수유나무에 대하여」「다시 수유나무에 대하여」「하산(下山)」 |
| 『어머니와 할머니의 실루엣』 (17) | 「정월 초하루, 소백산에서 해돋이를 맞다」「이슬」「흔적」「올 봄의 꽃샘바람」「달」「바위」「그녀네 집이 멀어서」「가을밤은 길고」「고양이」「집」「밧줄」「발자국」「터」「고장난 사진기」「버려진 배들」「막차」「굴참나무들을 위하여」 |
| 『뿔』 (22) | 「乞人行(걸인행) 3」「겨울날」「그 길은 아름답다」「그들의 손」「나 허망한」「내가 살고 싶은 땅에 가서」「눈 온 아침」「陋巷謠(누항요)」「流配(유배)」「무엇일까, 내가 두려워하는 것들이」「봄날」「뿔」「사막」「城(성)」「아름다운 열차」「兒塚(아총)」「幽閉(유폐)」「銀河(은하)」「장미에게」「지상에 새롭지 않은 것은 없다」「특급열차를 타고 가다가」「떠도는 자의 노래」 |
| 『낙타』 (16) | 「고목을 보며」「귀로(歸路)」「그 집은 아름답다」「나의 신발이」「낙타」「눈」「동시 칠수(童詩七首)」「먹다 남은 배낭 속 반 병의 술까지도」「새벽이슬에 떠는 그 꽃들」「숨어 있는 것들은 아름답다」「어쩌다 꿈에서 보는」「이역(異域)」「초원의 별」「폐도(廢都)」「하산음(下山吟)」「허공」 |
| 『사진관집 이층』<br>(21) | 「강마을이 안개에 덮여」「네 머리칼을 통해서, 네 숨결을 타고」「달빛」「담담해서 아름답게 강물은 흐르고」「당당히 빈손을」「두메양귀비」「먼 데, 그 먼 데를 향하여」「멀리서 망망한 제주를」「몽유도원(夢遊桃源)」「별」「설중행(雪中行)」「역전 사진관집 이층」「유성(流星)」「윤무(輪舞)」「이제 인사동에는 밤안개가 없다」「이쯤에서」「재회」「제주에 와서」「초원(草原)」「호수」「황홀한 유폐(幽閉)」 |
| 총 287편 중 97편 | |

**신경림의 시 시계**

2026년 3월 1일 1판 1쇄 인쇄

지은이        강민숙
펴낸이        자이채

펴낸곳        생각이 크는 나무
등록          2000-30호(2000.10.27.)
주소          서울시 강서구 공항대로41길 65, 408호
전화          02-2659-9759
이메일        kmsh1617@naver.com

ISBN 978-89-954886-1-4